零崎曲識の人間人間

西尾維新

KODANSHA NOVELS 講談社ノベルス

零崎曲識の人間人間 1 ランドセルランドの戦い

零崎曲識の人間人間 2 ロイヤルロイヤリティーホテルの音階

Illustration take
Cover Design Veia
Book Design Hiroto Kumagai／Noriyuki Kamatsu

零崎曲識の人間人間3 クラッシュクラシックの面会

零崎曲識の人間人間4 ラストフルラストの本懐

登場人物紹介

零崎曲識（ぜろざき・まがしき）――殺人鬼。
零崎双識（ぜろざき・そうしき）――殺人鬼。
零崎軋識（ぜろざき・きししき）――殺人鬼。
零崎人識（ぜろざき・ひとしき）――殺人鬼。
無桐伊織（むとう・いおり）――殺人鬼。
匂宮出夢（におうのみや・いずむ）――殺し屋。
総角ぱれす（あげまき・ぱれす）――殺し屋。
総角ろうど（あげまき・ろうど）――殺し屋。
総角さえら（あげまき・さえら）――殺し屋。
哀川潤（あいかわ・じゅん）――最強。
想影真心（おもかげ・まごころ）――最終。
西東天（さいとう・たかし）――最悪。
架城明楽（かじょう・あきら）――邪悪。
由比ヶ浜ぷに子（ゆいがはま・ぷにこ）――メイド。
罪口積雪（つみぐち・つみゆき）――武器職人。
右下るれろ（みぎした・るれろ）――人形士。
萩原子荻（はぎはら・しおぎ）――策師。

「おかしなことがあるもんですね」と同行者は叫んだ。「今日あなたと同じことを言う人に出会ったのは、これで二人目ですよ」

「最初に言ったのは誰なんだ？」と私はたずねた。

「病院の化学実験室にいる男です。適当な部屋を見つけたが、一人で借りるには高すぎるし、部屋代を半分負担してくれる相手も見つからないしといって、今朝こぼしていました」

「それは好都合だ！」と私は大声で言った。「もしその人が共同で部屋を借りて部屋代を半分ずつ分担する相手を本気で探しているんなら、ぼくこそまさしくそれにふさわしい。ぼくも一人で住むより仲間がいたほうがいい」

　スタンフォード青年は酒のグラスごしに不思議そうに私を見た。「あなたはシャーロック・ホームズという男をまだ知りませんからね。いっしょに住むとなると、あなただって逃げ出したくなるかもしれませんよ」

(A STUDY IN SCARLET　by Sir Arthur Conan Doyle／大久保康雄・訳)

零崎曲識の人間人間

1 ランドセルランドの戦い

◆　　◆

ランドセルランド——今年で開設十周年を迎える、某県某所のアミューズメント型テーマパークである。そのコケティッシュかつファンタスティックなネーミングからも容易に推察できるよう、設立当初のテーマは『大人が童心に返る大人のための遊園地』というはずだったのだが、日本経済十年間の紆《う》余曲折《よきょくせつ》をへて、現在はその広大な敷地内のほとんどを、『急降下』『超スピード』『戦慄』『悲鳴』などの文字が躍《おど》りに躍る、童心どころか母親の胎内に回帰せんとする試みのごとき恐るべき絶叫系のアトラクションばかりが占めている。若者向け情報誌の間では『天国に一番近い遊園地』と紹介されることが多い。この場合、この世でないという意味において天国と地獄は同義である。ただ、それでも『ランドセルランド』なるそのラベリングに引きずられているのか、それともしぶとくも当初のテーマをあきらめきれないのか、普通ならば絶叫系のアトラクションにおいてはやんわりと乗車拒否されることになる身長一一〇センチ以下のお子様でも存分にお楽しみいただける『子供向け絶叫マシン』なるものが決して少なくない数用意されていて、何をどう間違ったのだろう、その方向性が非常に受けがよく、今では家族向けのテーマパークとして、人気を博している。

入場料はおとな五千円、子供は半額。入場チケットはそのまま園内パスポートになっていて、一旦中に入ってしまえば一日中どのアトラクションも乗り放題——ただし、一日のうちに五台以上のアトラクションに乗れるお客様はほとんどいらっしゃらないという。待ち時間が長いこともさることながら(平均待ち時間は一時間)、体力と精神力が持たないのだ。観覧車でさえ時速百キロ近い速度で回転するこのテーマパークは、カップルで来ればその半数が別れることになるとまことしやかにささやかれているが、無論、その理由も待ち時間の長さに由来するものではないだろう。あくまで、切っても切れない固き絆で結ばれた、家族向けのテーマパークである――

さて。

某月某日、某曜日。

いや、曜日は明かそう――日曜日。

ランドセルランドの入場ゲートの前に、ひとりの制服姿の女子中学生が立っていた。髪の毛を左右のおだんごにまとめた、いかにも利発そうな顔立ちの少女である――

少女は時計を確認する。

午前十一時五十九分。

あと一分で、正午となる。

「……性格的に、遅れてくるタイプの男だとは思わなかったけどな――むしろ待ち合わせの三十分前には来てそうな感じだと思ったんだけど」

少女は誰にも聞こえないような小声で呟《つぶや》く。

なんだかとても嫌そうに。

「本当、読めないわ――」

ランドセルランドの開園は午前九時である。

入場の際のラッシュは既《すで》に済んでいるとはいえ、さすがに日曜日のこと、人足は絶えない。最寄駅から一直線にやってくる家族連れが次々と園内へ入っていくのを、少女は横目で、特にどうということもなさそうに見遣《みや》る。

「……家族、か」

一言だけ、そう――つまらなそうに言った。

その表情はとても中学生離れしていて――しかしだからといって、大人ならば決して浮かべないようなそれだった。

ただ、寂寞《せきばく》感にだけ、溢《あふ》れている。

「…………………」

「やあやあ！　子荻《しおぎ》ちゃん！」

と。

そんな寂しげな雰囲気をぶち壊しにするような空気を読まない大声でこちらに呼びかけながら、近づいてくる男の影があった。妙に手足の長い、針金細工のような体格をしたスーツ姿の男である。オールバックで銀縁眼鏡の若い男——しかし、若いとは言っても、中学生と待ち合わせをするにはちょっととうが立っているように見える。

だが、少女が待っていたのはその男で間違いないらしい——少々笑顔が引きつっているが、

「どうも、双識《そうしき》さん」

と、そんな風に、男に対して小さく手を振るのだった。

時刻はぴったり正午。

「待ち合わせの時間に寸分違《たが》わず、遅れて来るでもなく早めに来るでもなく、秒単位の正確さでちょうどぴったりやって来る男……特に悪いことはしていないし、むしろ何より正しいはずなのに、なんだか一番印象がよくない気がするわ……」

「ん？　何か言ったかい？」

「いいえ、何も」

男の質問に、少女は引き続き引きつったままの笑顔で応える。

「それよりも双識さん、今日は誘っていただいて本当にありがとうございます。私、もう楽しみで楽しみで、昨日の夜なんて眠れませんでした」

と言った。

「うふふ、気にすることはない。楽しみだったのは私も同じだからね。私なんて一週間前からずっと眠れなかったくらいだ」

「まあ、冗談がお上手ですね」

と言った少女だが、勿論《もちろん》、男の目の下にくっきりと隈《くま》が刻まれていることに気づかなかったわけではないのだろう。ただ、変に広げると重い話になりそうなので流したかっただけと見える。

その証拠に、

「じゃあ行きましょうか、双識さん」

と、少女は即座にその話題を打ち切った。

「うん、そうだね——ところで子荻ちゃん、何か忘れていないかい？　ふたりきりであったときは、私のことを何と呼ぶ約束だった？」

「……、お、お兄ちゃん……」

引きつっているというよりは、少女の表情は既に笑顔のていをなしていなかったが、しかし男はその返答に満足したらしく、うんうんと、ものすごくいい顔で頷《うなず》くのだった。

そしてふたりはチケット売り場へと足を向ける。

それに際して、男は当たり前のように少女の肩を抱いた。

「………………」

少女は一瞬身体を固めたが、何も言わなかった。

それを見てとって、男の手は少女の尻に伸びる。

「…………っ！」

さすがに拒否した。

「あ、ああ、違うんだ子荻ちゃん。私はただ、子荻ちゃんのスカートに虫がついていたから——」

行動は大胆だったが、言い訳は姑息《こそく》だった。

そうだったんですか、と少女はそれ以上の追及をしない。見た目ではっきりわかる年齢差でありながら、どちらのほうが年上なのかわからないようなふたりだった。

「しかし子荻ちゃん、そのおだんご頭、やけに似合うねえ」

女性に対してはとりあえず髪の毛を褒めろという、ちょっと古風なセオリーに則《のっと》ったがごとき台詞《せりふ》を、男は言った。

「そうですか？　あまりしない髪型なので、ちょっと自分では違和感があるのですけれど……でもまあ折角そうし……お兄ちゃんが遊園地に連れて行ってくれるということですから、これが精一杯のお洒落《しゃれ》だと受け取っていただければ」

「そうかい、それは光栄だ」

「校則で外出するときも制服を着なくちゃいけない

と決まってなければ、もっとおめかしして来れたんですけれど」

「天下に名だたるお嬢様学校、澄百合《すみゆり》学園のことだからね、それは仕方がないよ。外出許可が取れたことから、もう奇跡のようなものだろう。それに私はそんなことを全然気にしない。むしろ私にしてみれば、子荻ちゃんの価値は制服にしかないといっても過言ではないのだ」

フォローにも何にもなっていない、悪口としてもちょっと微妙な、ただただ自分の性癖を露呈《ろてい》したに過ぎない台詞だったが、少女はそれを、「そうですか。そうかもしれませんね」と上手に聞き流す。

「まあ、学割が利きやすくっていいんじゃないかい？　それなら一目で中学生だってわかるだろうしね」

「……この遊園地、子供料金で済むのは小学生までですよ？」

「え？　そうなのかい？」

「ええ。パンフレットにそう書いてました」

「そうなのか……ふうん。それは困ったねえ、子荻ちゃん、お金ちゃんと足りるのかい？」

おごるつもりは全くないようだった。

甲斐性ゼロである。

ところで、すっかり紹介が遅れてしまった。

少女の名前は萩原《はぎはら》子荻。

男の名前は零崎《ぜろざき》双識である。

◆　◆

生粋《きっすい》の殺人鬼集団、零崎一賊が奇妙な戦争を開始してから既に短くない期間が経過していた——と言っても、その戦争の始まりが果たしてどこだったのかを厳密に特定することは、実は難しい。だいたい、零崎一賊に所属する誰一人として、今いったい自分たちが誰と、そして何と、どんな理由で戦っているのか、正確に把握してはいないのだ。戦っていると思っていた相手が実はまるで関係なかったり、そうかと思えばまるで関係ないと思っていた相手と、実は気付かないうちに戦っていたり、もっとひどいときは気付かないうちに戦いが終了していたり――そんなことを無意味に繰り返しているだけのようでもあった。もともと多くのトラブルを抱えている殺人鬼集団である――実は戦争など最初から起こっていないのかもしれなかった。

しかし確信していた。

零崎一賊の長兄《ちょうけい》――『二十人目の地獄』こと零崎双識は、ことここに至り、既に確信していた。

たとえば双識自身が発端《ほったん》となった『狙撃手《そげきしゅ》』の事件。たとえば雀《すずめ》の竹取山《たけとりやま》での事件。そしてその他、あちこちで頻発している、零崎一賊を標的、狙い撃ちにしているかのような数々の出来事――一見関係ないと思われるそれらがたったひとつの意思の下に引き起こされているだろうことを。

零崎一賊は狙われている。

誰かに――しかし、確実に。

五年前の『大戦争』と比して双識はこの一連の出来事を『小さな戦争』と呼んでいる――しかしこの『小さな戦争』、前提からして奇妙なのだ。恐怖と恐慌を売りにした零崎一賊を、零崎一賊と知りながら狙ってくる者などそうはいるはずがない――それは本来ありえてはならないことなのだから。

小さな戦争。

その首謀者。

それを突き止めずにただことに対するばかりで、応じるばかりで、受身でい続けるばかりで――翻弄《ほんろう》され続けるばかりでは、零崎一賊と言えどジリ貧だ。なんとかして早めに、ことの首謀者をあぶりださなければならない。

戦局は有利だとは言いがたい。

零崎一賊は『殺し名』七名の中において、その特異な性格上、さほど人数が多いほうではないのだ――時間をかけた消耗戦には何より弱い。それは逆から見れば機動力があるという強みでもあるのだが、しかし皆が思っている以上に、零崎一賊は追い詰められている——それが零崎双識の見解だった。

今のところ、首謀者たる者の存在に勘付いているのは双識だけで、一応それを一賊の他の殺人鬼にほのめかしはしているものの、しかし全員を完全に説得しうるだけの証拠はない。

どころか、全て推測だ。

勘付いているという言葉通り、ただの勘といってもいい。

だから、説得できないのは仕方ない。

むしろそうであるべきなのだ。

零崎一賊は狙われてはならない、いい、殺人鬼集団なのだ。狙われないために——徒党を組んでいるのだから。

ならばそこは零崎一賊の長兄として、責任を持って首謀者を見つけ出す必要がある——それが現時点における零崎双識の立場である。

ただし、今回彼がランドセルランドでデートをする相手である中学生、萩原子荻こそがほかならぬ首謀者——零崎一賊が標的にされている小さな戦争の首謀者であることまでは、双識は未だ気付いていないのだが。

萩原子荻。

天下に名だたるお嬢様学校、澄百合学園という看板を隠れ蓑にした傭兵《ようへい》養成集団——中等部一年生にして総代表というのが、彼女の立場である。戦争を指揮指導する策師としての立場で、これまでの戦いを全て例外なく管理監督してきた。

戦局は非常に有利だった。

このまま事態が計画通りに進展すれば、遠からず自軍が勝利を収められることは確実だろう——しかし、だからといって不安要素がないわけではない。

家族。

少人数とはいえ、血ではなく流血で繋《つな》がる殺人鬼集団の結束はやはり脅威だ。いくら人数に利があったところで、こちらの駒は基本的に日雇いの傭兵ばかりなのに向こうは生え抜き揃い——この差は、案外差し迫ったところできいてくる。特に零崎一賊の戦闘面においての二人の中心人物、零崎双識と零崎軋識《きししき》には手を焼かされていた。

大鋏《おおばさみ》使い、『自殺志願《マインドレンデル》』零崎双識。

釘バット使い、『愚神礼賛《シームレスバイアス》』零崎軋識。

当初からわかっていたことではあるが、やはりこの二人の殺人鬼を何とかしないことには、いついかなるときにも、戦局をひっくり返されるのではないかという不安がぬぐいきれない。

それに、零崎人識《ひとしき》のこともある……。

子荻の予想をことごとく外すかのような顔面刺青《いれずみ》の少年は、戦闘の局面が進むに従って厄介さを増してくる。救いがあるとすれば、どうしてなのかあの少年は零崎一賊でありながら一賊への帰属意識がいまいち希薄であるという点だった。

だからさしあたって——二人の中心人物である。

実際のところ、いくら戦闘を優位に進められても、結果を出さないうちはそんなことはなんの足しにもならないのだ——特に子荻のような不安定な立場にいる者からしてみれば。

子荻は策師ゆえに、実際に自分が刀剣をもって戦闘に立つわけではない。少なからず犠牲の出る作戦を提出し、犠牲者が前提の作戦を発動させる以上、結果を出さなければただの間抜けで終わってしまう。極端なことを言えば、策師の失敗は利敵行為に等しいのだ。

だからこの戦争が不首尾に終われば萩原子荻はおしまいだ。

追い詰められているのはそういう意味ではことの首謀者たる子荻の側も同じなのだった——彼女は最初から最後まで、常に追い詰められた立場に自らを置いている。確実に零崎一賊を殲滅《せんめつ》できたといえるその瞬間まで、彼女の心には安息は訪れないのである。

否。

ことが終わったところで、果たして彼女の心に安息が訪れるかどうかなど、誰にもわからないことではあるのだが。

　とにかく――零崎双識と零崎軋識だ。

　この二人をどうにかする必要があった。

　子荻がその必要性を切実に痛感したのはつい先週のことである――子荻がいずれ発動させる予定だった作戦に組み込まれていた、とある二十人ほどの戦闘集団が何者かによる襲撃を受け、見るも無残な壊滅状態に陥ったのだ。それによって子荻達が直接的な被害を受けたということはない――どうせ使い捨てにする予定だった、位置づけの低い戦闘集団だ。だがしかし、それでもその戦闘集団が作戦の歯車のひとつではあった以上、今後の方針を転換せざるをえないのは確かだった。たとえどんな小さな歯車であろうと、欠けてしまえば代わりを用意すればよいというものではないのだ。

　その何者かが、零崎一賊、あるいはそれに関連する者なのかどうかはまだはっきりしていない――案外、まったく関係ない線から自業自得で受けた襲撃なのかもしれない。しかし、仮にその何者かが子荻の手の内を読んで、その上で先手を打ったのだとすれば――それはとてもではないが静観できる事態ではないのだった。

　じっくりと腰を据えて、確実な勝利よりも確定した勝利を目指して戦うその方針自体を変えるつもりは毛頭ないが、しかしこうなればあまり暢気《のんき》なことは言っていられない。こちらとしてはまだ歩兵を一枚取られただけのようなものだが――あちらの飛車角を早めに押さえておいたほうがいいのかもしれない。

　そう思った。

　そして――今回のデートというわけである。

　雀の竹取山での決戦の際、それも当然彼女が陣頭指揮を取った戦闘なのだが、子荻はその身分素性を隠した上で零崎双識と接触することに成功していた。策師ではなくお嬢様学校の一生徒として、零崎双識と知り合ったのだ。双識は子荻のことを露ほども疑っていない――彼は子荻に対し油断しきっている。とはいえ、戦闘能力においては一般人の域を出ない子荻と殺人鬼・零崎双識との間における力量差は、油断程度のことで暗殺を可能にするものではない。

　だから殺人鬼殺し自体は他の者に担当してもらう必要がある——が、しかし、『二十人目の地獄』零崎双識と比肩し得る戦闘能力の持ち主となると、今のところ、子荻の持ち駒の中にそう数がいるわけではなかったし、それらの持ち駒は既に別の計画の中で動いている者ばかりである。こんな例外的な作戦で突発的に使える駒ではない。手が空いている者となると、どうしても双識よりはいくらか格が落ちてしまう。不意討ちやだまし討ち、数人がかりであっても、双識はそれを見事に撃退してしまうだろう。女子中学生として付き合うとただの変態だが、軍師として相手取るなら、彼ほど手ごわい者はそういない。

　だが——足手まといがいれば話は別だ。

　何の力も持たない、お嬢様学校に通うたおやかな少女を脇において、それでもなお普段通りの戦闘を繰り広げられる者など、そうはいない。まして零崎一賊はその排他的な性質上、守るための戦いには慣れていないはずだ——ならばデート先であるランドセルランドは、子荻にとって絶好の狩場になる。いや、決して、一日百通単位で送られてくるメールの量、デートの誘いにうんざりして根負けしたわけではなくて。

　ただしこの作戦、成功率は高いがリスクが低いとは言いがたい。萩原子荻が戦争の首謀者であることは、敵方だけではなく、味方のほとんどに対しても機密事項であるからだ。つまり——今回『足手まとい』役を自ら演じる萩原子荻は、本作戦において巻き添えで落命する可能性をはらんでいるということである。

　しかしそれはやむを得ないリスクだった。

　零崎双識のデート相手を他の者に任せるわけにはいかない——一応は女子校を看板にしている以上、彼の好みだろう容貌・性格の者を学園内から選出することはできるだろうが、如何《いかん》せんそのスキルを戦闘面に特化した生徒ばかり、危機に対して本能的に対処してしまう彼女達では足手まといにはなれないだろう。また、そこが萩原子荻の策師として、この時点では未熟な部分ではあるのだが、自分の可愛い持ち駒達を戦場にならばともかく変態の下へと送り込むことには多少の抵抗があった。

　かと言って『デート相手の女の子の命は助けること』などという不自然な指示は出せない。『その少女もろとも零崎双識を殺せ』——という指令でなければ、彼女達の仕事にはならないだろう。

　せめて先生がいればな。

　そう思わざるを得ない子荻だった——勿論、零崎一賊との戦闘においては中立の立ち位置を保ち続けようと願う市井遊馬《しせいゆま》がこのような予定外の作戦に協力してくれるとは考えられないが、彼女が長期休暇を取って渡米していることは返す返すも残念である。

　確か、友達と一緒に旅行とか言っていた。

　戦場を離れた途端に気楽なものだ、と子荻は思う。

　が、実際のところ、それはそれほど気楽な旅ではないことを子荻は知らない。その『一緒に渡米した遊馬の友達』というのが若き日の人類最強の請負人《うけおいにん》であることを、子荻は知らない。ちなみに、同日同時刻、アメリカ合衆国テキサス州ヒューストンにおける市井遊馬の音声を受信してみると、

「いやーっ！」

「助けてーっ！」

「来るんじゃなかったーっ！」

「帰るーっ！　日本に帰るーっ！」

「死にたくない、死にたくないーっ！」

「許してーっ！　何でもするから許してーっ！」

　こんな感じだ。

　これらが全て、友達に対して向けられた台詞だということは、何よりも恐ろしい事実だった。

　なお、このアメリカ旅行のお土産代わりとして市井遊馬はひとりの女の子を日本へと持ち帰って来、

のちにその子の面倒を子荻は託されることになるが、それが西条《さいじょう》玉藻《たまも》と並ぶ問題児となることを、やはりこの時点では、子荻は知らないのだった。

ともあれ。

実地戦闘におけるリーダーである零崎軋識についでは、現時点では唯一の問題児である西条玉藻と裏切同盟の面々に任せてある——ならば足止めの役割もかねて、子荻は戦闘指揮におけるリーダーである零崎双識に集中しなければならない。

匂宮《におうのみや》雑技団《ざつぎだん》分家《ぶんけ》『総角《あげまき》』。

その実働部隊、総角三姉妹。

総角ぱれす。総角ろうど。総角さえら。

それが今回、厳選に厳選を重ねた末に、策師・萩原子荻が自分達に差し向けた刺客である。

◆　◆

スーツ姿の成人男性と制服姿の女子中学生という、見ようによっては非常に犯罪性を帯びたふたりがテーマパークの敷地内に入っていったのを追うようにして、チケットを提示してランドセルランドに入園したふたり組があった。

こちらも見ようによっては非常に犯罪性を帯びたふたりだった——いや、倫理的な意味や道徳的な意味では、前を歩くふたりほど犯罪性を帯びているとは言えない。ただしかし、二十歳そこそこの風貌《ふうぼう》の男と男子中学生という組み合わせは、シチュエーションからして非常に奇異であることは間違いがない。たとえランドセルランドという一風変わった遊園地でなくとも、男性がふたりきりでこの手の場所を訪れるというケースは、おそらく世間的に皆無である。

またそのふたり組は、ひとりひとりにおいてもとても個性的で、ちょっとした異彩を放っていた。二十歳そこそこの男の服装は、遊園地どころか街を歩くのにも相応《ふさわ》しくない、折り目正しい燕尾服だった。ご丁寧に胸ポケットにはハンカチーフもセットしている。軽くウエーブのかかった肩までの黒髪、端正な顔立ちに燕尾服は非常にマッチしているが、しかし燕尾服は似合えばいいという服ではない。右手には巨大な、長方形のハードケースを提げている——そしてその後ろに続く男子中学生は、服装こそごくありきたりな学生服だが、顔面の右側に施された刺青が、その少年を決定的に特徴づけていた。

「悪くない」

と、燕尾服の男は言う。

「僕はこういった場所に来ることはめったにないんだが、しかしなかなかどうして——楽しそうなところじゃないか。家族連れが多いのは、僕のような殺人鬼にとっては目の毒だがな——」

「…………」

対して、顔面刺青の少年は露骨に嫌そうな表情を浮かべるだけだった。その反応を不満に思ったのか、燕尾服の男は、

「どうした？　人識」

と、後ろを振り返る。

「随分と無口だな、人識。弟としてレンの饒舌《じょうぜつ》さを見習わないのは賢い選択だが、しかしそれではコミュニケーションが取れない」

「……せっかくの日曜日に無理矢理こんなとこ連れて来られて、楽しいトークなんてできるわきゃねえだろ」

人識と呼ばれたその少年はこれ以上なく不機嫌そうにそう言って、それから付け加えるように、嫌味っぽく、

「ましてあんたが相手とくりゃあな、零崎曲識《まがしき》さん」

と言った。

「『少女趣味《ボルトキープ》』零崎曲識さん——あんたの噂は随分と聞いていたが、そういえばあんたとふたりきりで行動するのは、これが初めてなんじゃねえのか？　だとすりゃ、とんでもねえ第一印象だぜ」

「何故だ」

嫌味がまったく通じていないような態度で、人識にそう問い返す燕尾服の男——零崎曲識。

「僕はこれでも、精一杯お前とコミュニケーションを取ろうと歩み寄っているつもりだ」

「あんたの行動に歩み寄りの要素は一個もねえ——大体よ、俺から日曜日を奪いたいんだったらちゃんと説明をしろ。強引にこんなところに連れて来やがって——勘弁して欲しいぜ。あんたにしろ兄貴にしろ大将にしろ、一体俺の受験勉強を何だと思ってるんだ？」

「僕は道楽だと思っている」

きっぱりと、曲識は言った。

「レンが肩入れしていなければ、すぐにでも中学校を辞めさせるさ——まして高校受験など尚更だ」

「かはは。俺が安穏《あんのん》と中学生日記を楽しめるのも、兄貴のおかげだってか」

「その通りだ。だからそのレンのために、一生に数ある日曜日のうち一日くらいを犠牲にするくらい構わないだろう——そういう日曜日も、悪くない」

会話しながら歩く曲識と人識の視線の先には、あくまでもふたりの人物の姿がある——言うまでもなく、零崎双識と萩原子荻である。もっともこの時点では曲識も人識も、萩原子荻のことを知らない——ただの制服姿の女子中学生だとしか映らない。焦点が合うのは、どうしても既知の家族である零崎双識のほうだった。双識は背が高く、とにかく目立つ体格をしているので、尾行すること自体は容易だった。

はん、と人識は悪態をつく。

「まあここまで来たんだ、今更逃げ帰りはしねえけどよ——目的くらいはそろそろ教えろよ、曲識さん。何で俺はあの変態兄貴を尾行しなくちゃならねえんだ？　兄貴が俺をストーキングするってんならそりゃ正常だが、これじゃあまるであべこべだぜ」

「ふむ。確かにあべこべだな」

「しっかも、あんな可愛い女の子とデートしている兄貴を見守れっていうのは、何だろうな、もう一種の拷問《ごうもん》みてえなもんじゃん？　あんな子とどこで知り合ったんだよ、あの変態。いや、どこで知り合ってようとどうでもいいけどさ、あの子もあの子でなんで兄貴なんかと遊園地に来てんだ？　世の中に色んな人間がいることくらい知ってるけど、いくらなんでもありゃないだろ。ないないないないない」

「ふむ。確かにないだろうな。しかし目の前でそのありえないことが起こっているんだ。納得するしかない」

曲識は人識の悪態にもどこ吹く風で、冷静なものだった。とは言え一応説明の必要は感じたようで、

「今、零崎一賊が狙われていることは知っているな？」

と、人識を向いた。

「あ？　ああ、そういや兄貴がそんなこと言ってたな……小さな戦争だっけ？　けど、なんか変な事件が連続して起きてるってだけで、それらが関連しているっていう確たる証拠があるわけじゃねえんだろ？」

「だが、レンがそういうならそうなのだろう。悪くない」

「……あんたの兄貴に対する信頼は見事だと思うし、それに俺も色々と被害を受けてるからな。全く否定する気はないものの、しかし、それと今回のこの尾行、何か関係あるのか？　まさかあの女の子が零崎一賊を狙っている首謀者だとでも言うのか？」

さりげなく人識は真実に近いところをかすったが、しかしそれは本人にも自覚のないところであり、曲識も「そんなわけがないだろう」と、あっさり否定するのだった。

「あれはただの中学生だ――レンのメル友らしい。ちょっと前に自慢されたことがある――僕の聞いている範囲の話では、実際に会うのはこれが二度目になるはずだ」

「メル友ね。メールでこそ兄貴の変態さは際立つと思うんだが……つくづく変わった趣味の娘さんだな。どうでもいいけど」

「あるいはあの女の子もまた変態という線が考えら

れよう。悪くない」

「いや、そりゃ悪いだろ」

「ともかく——これはレンの作戦なんだと、僕は読んでいる」

曲識は言った。

「戦局を変えるためにレンが敵方に仕掛けた罠——いや、そんな積極的なものではないだろう。そうせざるを得なかったに違いない。自らを囮《おとり》にして敵に陽動を仕掛けているんだ」

「囮って……」

「零崎一賊の長兄ともあろう男がどうして一般人の中学生とメル友になって喜んでいるのか僕は不思議に思っていたが——恐らくレンはこういうこともあろうかと思っていたのだろう。そうでなければ、零崎一賊全体がシリアスでヘヴィな戦争を繰り広げている中、レンが女子中学生と暢気なデートをする理由など考えられない。わざと足手まといの一般人を近くに置くことによって、敵が自分を狙いやすいようにしたのだろう——そう考えれば、遊園地というこのシチュエーションにも納得が行く。これほどの度を越した雑踏は非常に暗殺向きだからな——一賊のために自らの身を危険に晒《さら》すことを躊躇しない。僕の知る零崎双識というのは、そういう男だ」

「……いや、俺の知る零崎双識というのは、そういうシリアスでヘヴィな戦争を繰り広げている中でも、女子中学生とデートができるとなれば全てを投げ出しちゃう男なんだけどな……」

「馬鹿な。あれでも一賊の長兄だぞ。そんな適当な人物像で務まるわけがないだろう」

「だから微妙に務まってないんじゃねえか……」

「人識。あまり家族の悪口を言うものじゃない」

普通に怒られた。

ごくごく当たり前のことで。

人識はそれを受け、「ったく、あんたもあんたで結構な傑作だよな」と、苦笑いを浮かべるのだった。

「やれやれ、人識。お前は本当に口が悪いな。そんなことばかり言っていると、今年のクリスマスにはサンタさんがプレゼントをくれないかもしれないぞ」

「いや、この歳にもなってサンタさんなんて信じてねえし」

「そうなのか。最近の子供は夢がないな。まあ、靴下の中にプレゼントを入れるような仕事ぶりでは、奴のことを信じられなくても無理はないが……」

「いやいや、俺が信じてないのはサンタさんの仕事ぶりじゃなくて、サンタさんの存在だから……って、知り合いなのかよ。奴って」

どこまで本気なのかわからない曲識の言葉を蹴るように、

「まあいいや」

と、人識は言った。

「考えてみりゃ、兄貴がどんなつもりで女子中学生とデートしてようが、俺の知ったこっちゃねえっちゃ知ったこっちゃねえんだしな。嫉妬してるとか思われたらたまんねえよ。中学生っつっても、あの子、どう見ても俺よりも年下っぽいし——かはは、これが年上で背の高い女だったら、乱入して妨害してやるところだが。で、あんたの言う通りだったとして、それと俺らのストーキングにはどんな関係があるんだ？　まさかあんたが兄貴のデートを妨害するつもりか？」

そうなんだったら手伝うぜ、とまぜっかえすようなことをいう人識に、曲識は、

「違う」

と、短く応えた。

「むしろ逆だ——レンを狙って現れるであろう刺客を始末するのが僕達の役割だ」

「……あ？」

人識は考えもしなかったことを言われたように、気色《けしき》ばむ。

「なんだ、それ——兄貴のボディガードをやろうってのか？　兄貴のデートを無事に成就させてやろうと？」

「デート自体は別にさしたる問題ではない。どうせ

レンのことだ、うまくはいかないだろう」

優しさに欠けたことを言う曲識だった。

しかし続けて、

「だが――自らの身を危険に晒してまで敵をおびき寄せようというレンの戦法を、僕はたまたま知ってしまった。知ってしまった以上看過はできない」

と言う。

「何言ってんだ――何格好いいこと言っちゃってんだ、『逃げの曲識』さん。あんた確か、この戦争に参加するつもりはねえって聞いてるぜ。零崎一賊の中で、唯一今回の一連の事件に一切関係していない――それがあんただろう」

大将が大層愚痴ってたぜ、と人識。

だろうな、と曲識は薄く微笑む。

「アスは愚痴るのが仕事のようなものだからな。ふむ。確かに僕は無差別殺人を好まない。だが――人識。そうだな、わかりやすく説明してやろう。一週間前の日曜日の夜、お前はどこで何をしていた?」

「は?」

いきなり話題が飛んだ――ことに驚いたわけではない、そんな素振りで人識は曲識から露骨に眼をそらした。

「何だよ、藪《やぶ》から棒に。そんな前のこと言われても咄嗟《とっさ》には思い出せねえな――えっと、前の日曜日、前の日曜日――何してたっけな? ドラマの再放送とか見てたんじゃねえかな――」

「……一週間前の夜、とある小規模の戦闘集団が壊滅させられた。それはそれだけならばどうということもない、よくある話だが――しかし、僕は少し気になって調査してみた」

「ひ、暇なんだな」

「ああ、暇だからこそできたことだ――こういうときのために僕は暇にしていると言っても過言ではない。まあそれは嘘だがな。そして調査の結果――その集団は、いずれ零崎一賊にとって不利な動きをする可能性を孕《はら》んだ組織だったことが明らかになった」

「か、かか、可能性の話だろ？」

「ああ、可能性の話をしている――それを見越して、あらかじめその集団をつぶした者がいる可能性をな」

と言ったところで、と曲識は言う。

「一週間前の日曜日の夜――お前はどこで何をしていた」

「は、かはは、ああ、なるほどなるほど、いわゆるひとつのアリババ調査って奴だな？」

「そう、その通りだ。……ん？　いや、違うぞ、人識。アリババ調査ではなくアリバイ調査だ。こんな場面で開けゴマと言ってもらうことを、僕は目的にしていない」

的外れにまじめな台詞だった。

話をそらすことを目的にしていたであろう人識は、これでかえって追い詰められた形になる。

「な、なんで俺にそんなことを訊くんだよ。曲識さん、ひょっとして俺を疑ってんのか？　あ、いや、そうか、刑事ドラマでよくあるところの『気を悪くしないでください。関係者全員に訊いていることなんです』って奴だな？」

「いや」

首を振る曲識。

「お前にしか訊いていない」

「……………………」

「お前以外に訊くつもりもない」

「いやいや！　そりゃミステリーのセオリーを無視してるだろ！　なんでピンポイントで俺を疑ってんだよ！」

「ミステリー？　そんな前世紀の遺物に興味はない」

零崎曲識が暴言を吐いた。

そしてしれっとした顔で、何事もなかったかのように続ける。

「ごまかそうとするな、人識。お前がやったことなんだろう？」

「……ああ、そうだよ」

ふてくされたように、人識は答えた。

「俺が一人でやった。それがどうしたよ?」

「ならば、同じことだ」

曲識は言う。

「お前が零崎一賊から一定の距離を置いていることは知っている——その意味では僕とお前は似た者同士だ」

「あんたと似た者同士? よしてくれよ」

「……そうだな。アウトロー同士が理解し合えるわけがあるまい。……関係ないが、アウトローという音楽でいうところの終奏という気がしないか?」

「それはアウトロだろうが! イントロの対義語イントロの対義語!」

「棒引きだけで区別しろというのは難しい話だ——いや、どうでもいい話だったな」

「本当に関係なくてどうでもよかったよ……」

「悪くない。ところでアウトローの人間が引きこもった場合、それはインドア派ということになるのだろうか?」

「どんな『ところで』だ! 初めて聞いたぞそんな『ところで』! ただ単に言いたいだけのことを言っただけじゃねえかよ!」

「ともかく——人識。お前が一週間前にやったこととこれから僕がやろうとしていることは、同じことだ——僕はそう言いたいんだ」

「……勘違いするな。別に俺は兄貴のためや零崎一賊のためにやったわけじゃねえよ」

「ふむ。ツンデレという属性がはやって以降、『勘違いするな』という台詞から格好良さは完璧に失せたな」

「ああ? ツンデレって何だよ」

「どんな嫌な人間でも好意的に受け入れることができる不思議な言葉だ。僕はお前くらいの年齢の頃、結構な嫌われ者だったんだがな……しかし僕を嫌っていた連中は全員ツンデレだったんだと思えば、そう悪くない少年時代を送れていたような気がしてくる」

「それは気のせいだ……」

または気の迷いだ。

人識は呆《あき》れたようにそう言って、

「兄貴は俺に過保護だけどよ——」

と、言う。

「あんたは兄貴に対して過保護なわけだ。過保護な変態に過保護な天然か。面白くもねえ組み合わせだぜ」

「どう受け取ってもらっても構わない。無論これは、僕一人でも十分に達成可能な任務だ。必要以上のことをするつもりはない——レンがいうところの小さな戦争に参加するつもりはないという僕の方針はまるで変わっていない——ただ、知ってしまった以上、看過はできない。一賊の長兄が死地に赴くと聞き知ってしまった以上、何もせずにいられるほど僕は冷血ではないということだ」

右手に提げた巨大なハードケースに眼を下ろす零崎曲識。

「だから人識。一週間前の日曜日の夜のことをレンやアスに知られたくないというのなら、僕に協力して欲しい。何、とはいえ大したことはしなくていい——僕の戦闘行為のフォローだけをしてくれればいいんだ。その程度の協力ならば、してくれても悪くないだろう——」

そして曲識はハードケースから、人識のほうへと視線を戻す——と、そこには既に、顔面刺青の少年の姿はなかった。

「…………」

物静かな仕草で、曲識はきょろきょろと周囲を見渡すが——それらしき姿はもうどこにもない。

「……ほう。もう動いたか」

噂に違わぬ神出鬼没ぶりだ、と曲識は薄く笑う。

「何だかんだ言いつつ人識の奴、なかなか乗り気じゃないか——悪くない。まあ、積極的に動いてくれるならそれはそれでいいんだ——いい攪乱《かくらん》になるだろう。では、僕は僕で動くとしよう」

だん、とハードケースを地面に置き、周囲の目をまったく気にする様子もなく、零崎曲識はそれを開いた。中に入っていたのは、それこそ燕尾服によく似合う木管楽器だった――ファゴットである。しかもそれは標準のファゴットよりも更に一オクターブ音域の低い、長さ一・四メートル、管長六メートル、重さ六キログラムを誇る、コントラファゴットだ。

分割されてケースに収められていたそれを手馴れた動作で取り出して、手順通り、あっという間に組み立てる。ストラップに首を通し、曲識はゆっくりと立ち上がる。

楽器を帯びることによって彼の立ち姿は完成した。

「無論、僕は無差別殺人を好まない。だが――こういうときに、こういう場所でなら」

零崎曲識。

『少女趣味《ボルトキープ》』と呼ばれる彼は――天然で、しかも思い込みが激しい、そして何より音楽家極まりない殺人鬼だった。

「零崎を始めるのも、悪くない」

◆　　◆

……大方の予想通り、零崎人識は今回のことに関して積極的にあたるために、零崎曲識の前から姿を消したのではなかった。零崎曲識の思い込みは大外れだったと言っていい――かと言って、反対に事態からの逃亡を試みたというわけでもない。曲識とふたりきりで行動するのはこれが初めてになるとは言え、零崎曲識相手に逃亡する無意味さを、彼は零崎双識や零崎軋識から嫌というほど聞かされていたのだから。

ならば真相はというと、これは単純な話で、曲識が人識から眼を切り、コントラファゴットの収納されたハードケースに視線を移したその瞬間に――彼は拉致《らち》されたのだ。

瞬間芸の奇術のような鮮やかさだった。

曲識が視線を戻す頃には、人識と、人識を拉致したその人物は、全く違う場所の建物の陰へと滑り込むように移動していたのである。

無論、零崎一賊の二枚看板、零崎双識や零崎軋識と実力的には伯仲《はくちゅう》すると言われている零崎曲識の眼を盗むようにそんな行為ができる人物となれば、その数は非常に限られる。

否、この世にたった一人であると言ってしまってもよいだろう。

誰であろう。

それは、匂宮出夢《におうのみやいずむ》だった。

殺戮奇術集団匂宮雑技団、第十三期イクスパーラメントの功罪の仔《バイプロダクト》——零崎人識が『殺し名』序列三位の零崎一賊にとって秘蔵っ子であるのと同じように『殺し名』序列一位、匂宮雑技団の秘蔵っ子である。

黒いストレートの長髪をなびかせ、前髪を眼鏡でかきあげた、革のパンツ、素肌の上に革のジャケットを着た——矮軀《わいく》の少女。しかしその身体の中にあるのは——凶暴凶悪極まりない、『殺し屋』としての少年の意識なのだ。

匂宮出夢は全身をくまなく使って——零崎人識に関節技をかけた上で、がっちりと寝技に持ち込んでいた。口の中に指を突っ込んで、喋ることも悲鳴をあげることも封じている。

その上で「ぎゃはは——」と、出夢は哄笑した。

「よーお、零っち——元気そうで安心したぜ。零っちが元気だと、僕も元気になっちゃうんだよな——これってもう愛じゃねえ？　ぎゃはは！」

「うー……、ぐ、ぐ、ぐーっ！」

「僕との再会が嬉しいのはわかるけど、そうはしゃぐなって——あの燕尾の兄ちゃんがどっか行ったら、喋るくらいはさしてやっからよ。ん？　なんだありゃ……ファゴットか？　でけえな……僕の身長くらいあるんじゃねえの？　あ、本当にどっか行っちゃう。お前のこと探しもしねえのな」

地面に押さえ込んだ人識に聞かせるような実況中継まがいの台詞を言っている間も、出夢は人識の口の中に突っ込んだ指で彼の舌を休みなく弄繰《いじく》り回し続け、それが人識から抵抗させる気力をすっかり奪っていたが、しかしやがて曲識の姿が完全に見えなくなったところで、先の言葉通り、出夢は人識の口腔内からその長い指を引き抜いた。

その指を自分の口元に持ってきて、付着した人識の唾液を当たり前のように舐め取る。

「て、てめえ……」

人識は身体を無理矢理ひねって、殺意のこもった刺すような眼を出夢に向ける——出夢はそれに対して、あっかんべーをするように、舌を見せるだけだった。

それがまた人識の怒りを刺激する。

彼は暴れようとした——が、片腕が解かれただけでは、出夢の寝技から人識の力では脱することはできないらしく、ふたりの体勢はぴくりとも動かなかった。悲しいかな、同じ秘蔵っ子と言えど、これが現時点での、零崎人識と匂宮出夢との実力差である。

「うっがーっ!」

そんな怒声を張り上げることしかできない人識だった。

「大体、なんでてめえがここにいるんだよ!」

「えー? 冷たいこと言うなよ。僕とお前との仲じゃん」

「どんな仲なんだよ!」

「友達以上恋人円満?」

「赤の他人だ!」

「赤の他人——つまりレッドアナザーか」

「どうしてわざわざ格好良く言い直すんだよ!」

「ぎゃはは——なんでここにいるって、そりゃ大好きな零っちの後を追ってきたに決まってんじゃんよ。折角天気のいい日曜日だから遊んでもらおうと思ってたのに、お前はお前でなんか遊園地とか向かってるし」

「そしてどうしてお前は俺の動向を完璧に把握してるんだよ!」

「僕は優秀な殺し屋だからな、調査《フィールドワーク》の方もお手の物なのさ——もっともそれは、僕じゃなくて『妹』の担当になるんだけどよ」

わけのわからないことを出夢は言って、それから、

「あの燕尾の兄ちゃんが、零崎曲識か」

と続けた。

「で、あのかっけー体格したスーツ姿の男が零崎双識……なんだよなんだよ、平和な遊園地に随分な役者の揃い踏みじゃねえか」

「ああそうだ。その通りだ。さあ匂宮出夢くん、きみの望む遊び相手がこの遊園地では選び放題だぜ。俺みたいな雑魚《ざこ》のことなんか放っておいて、兄貴でも曲識のにーちゃんでも、好きな方へと向かえ」

「僕が大好きなのはお前だっつってんだろうがよ。うわー、零っち羨ましいー、こーんな可愛い女の子に好かれちゃうなんてえええええ」

「ぐねぐねからむな、軟体動物かお前は！　つーか何が可愛い女の子だ、お前男なんじゃなかったのかよ！」

「あー、まあ、身体は女、心は男みたいな？　だけどアニメ化の際に声優さんが女性になるのは確かだろうな」

「アニメ化の予定なんかねえよ！　仮にされてもお前みたいな性欲と殺戮の塊《かたまり》みてえなキャラは中途半端に削除されるに決まってんだろ！」

「やなこと言うなー。いいじゃねえか、性欲。発音をいじって『セイヨーク』って言えばアメリカの地名っぽいし」

「それが一体どうしたんだよ！」

「表記をいじって『ＳＡＹ　ＹＯ　Ｑ！』って言えばラッパーのクイズ出題者っぽいし」

「ぐあっ！　畜生《ちくしょう》、不覚にもちょっと面白い！」

公平なジャッジだった。

零崎人識は意外とフェアな中学生だった。

そういうところが付け込まれる。

「……けど性欲はフォローできても殺戮はフォローできねえだろ」

「あーもう、零っちは発想が固定観念にとらわれちゃってんだよなー。どうしてそんな普通のアニメだって思うかね。アニメはアニメでもクレイアニメだよ。可愛いから逆に殺戮も許される」

「確かに発想は斬新《ざんしん》だが、しかし許されるわけねえだろ！　それにどこの誰がクレイアニメなんて大変な仕事をしてくれるんだよ！」

「そりゃそうだ」

割と楽しそうな雰囲気のあるふたりだったが、勿論、こんな会話の間も、出夢の寝技が緩《ゆる》むことはなかった。常人ならば骨や関節や筋がおかしな音を立ててても不思議ではないレベルの寝技だが、それをぎりぎりで回避しているのは、人識の頑張りの成果ということもできそうだ。

「あー、いいよいいよ、匂宮出夢。わかったわかった、相手してやるさ——俺と遊びたいってんだろ？　だったら思う存分遊んでやるさ。どうせ俺も兄貴の護衛なんて馬鹿馬鹿しいと思ってたんだ。あとで曲識のにーちゃんからは怒られるかもしれねえが、諦めてやる。どっか都合のいい場所に移動しようぜ。殺して解《ばら》して並べて揃えて晒してやる」

「素敵な決め台詞を言ってもらったところで恐縮だが、しかし誤解すんなよ、零っち——僕も別に、四六時中いついつでも遊びたがってるわけじゃねえんだ——殺戮は一日一時間。ルールを守ってこそ遊びは面白いってな」

「……じゃあ、何のつもりだよ」

「何のつもりかって？　そうだな——そうだな、零っち。あの燕尾の兄ちゃんとの会話、ある程度聞かせてもらったけどさー。僕はどうやら、零っちにお礼をしなくちゃいけないみたいだよな」

「は？」

身体をよじって訊き返す人識に、出夢は顔を思い切り寄せてくる。そしてそのまま、人識の頬の辺りに噛み付いた。

「痛えっ！　なんなんだお前は！」

「ぎゃはは」

仕返しされないうちにすぐ離れる。

甘噛みだったらしく、人識の頰には軽く歯型が残る程度だった。

「ほれ、一週間前の日曜日の夜のことだよ——『俺が一人でやった』なんて、僕のこと庇《かば》ってくれてたじゃねえか。本当は僕と二人がかりだった癖にさ」

「…………」

「なんで黙ってくれてたの？」

わざとらしいほど可愛い言い方で、出夢は訊いた。

「あの燕尾の兄ちゃんに僕のことちくっちゃえば、もう僕に付きまとわれることもない……かも、しれねえのにさ。それなのに、そもそもお前、僕のことを誰にも言ってない風じゃん」

「別に意味なんかねえよ……お前のことなんか口にするのも嫌だから黙ってるだけだ」

「ぎゃはは、そりゃ楽しい理由だ。しかし理由はどうあれ、お前のお陰で僕が助かってるのは事実なんだよ——立場的に僕はこういう事態は静観しなくちゃいけないんだけどさ、だから僕は、お前を助けてやることにしたわけだ」

「…………？」

助ける？

その言葉に違和感を覚え——再度、身体をよじった。

今度は舐められた。

唾液をたっぷりのせた舌で、頰を思い切り。

「……いや、怒らないよ？　もう俺はこんなことでは怒ったりしないんだ。怒らないから、助けるってどういう意味なのか教えてくれるかな？」

言葉遣いにおいてキャラが崩れていた。

相当怒り心頭になっている証拠である。

「さっきからの話を僕なりに総合するとだ、要するにお前と燕尾の兄ちゃんは、『自殺志願《マインドレンデル》』零崎双識を護衛するためにこの遊園地に来たんだろ？　マインドレンデルはマインドレンデルで敵をおびき寄せるために、わざとこんな場所で女子中学生とデートしている——だったよな」

「兄貴はただ単にデートを楽しんでいる可能性があるけどな……ひょっとすると元々はそのつもりだったかもしれないが、デートに舞い上がっちゃって、既に本来の目的を見失っているという線もある」

「兄貴を信用してねえんだなあ、お前は」

「お前と同じくらい迷惑な変態だ」

「あっそ。けどな——マインドレンデルが罠を仕掛けているんだとして、その罠には思いのほか大きな獲物がかかっちまってるぜ」

「あ？」

「総角三姉妹——総角ぱれす。総角ろうど。総角さえら。殺戮奇術集団匂宮雑技団分家——『総角』の実働部隊だ。零崎人識、正直言って」

出夢は人識の耳元に唇を寄せてきて、囁《ささや》くような小声で言った。

「お前にはまだ、荷が重い」

「…………………」

「総角三姉妹とは、ちょっと前に遊んでもらったことがあるんだ——勿論僕の圧勝だったけど、あれから順調に育ってんだとすればちぃっとばっか厄介だろうな。分家の中でも最近めきめきと頭角を現してきている奴らでな……おっと、『総角』と『頭角』つっても、別にこれ掛けて言ったわけじゃねえんだぜ？　ぎゃはは」

「字面は似てても読みが違うから注釈がなきゃ思いもしなかったよ……。一週間前のことといい……、匂宮出夢、お前、なんか知ってんのか？　今、零崎一賊が直面している事態について。考えてみりゃ竹取山のことだって——」

「ああ、僕と零っちの衝撃的な出会いな。あれはドラマチックだったなー。……いやあ、お前が思ってるほど、僕は全部を知ってるわけじゃねえよ」

「…………？」

「『殺し名』七名のバランスを崩そうとしている奴がいるらしい——ってことくらいは、教えてやってもいいんだけどよ。あんまり言うとこの星の歴史に介入しちゃうからなー」

「お前はタイムマシンで、しかも宇宙からこの遊園地にやってきたのかよ」

「まあ今回はそれとは違うルートの情報でな。種を明かせば、分家の連中が不穏当な動きを見せてたからちらっと興味本位でチェックしといただけだ――まあ、それも僕じゃなくて『妹』のやったことだけどな」

「妹……」

「そのうち紹介してやろうか？　可愛いぜえ、僕の『妹』は。ぎゃはは。まあ、総角の連中が何をするつもりなのかまではわからなかったが、ついさっき、お前と燕尾の兄ちゃんの会話を聞いてようやく繋がったぜ――あいつら、マインドレンデルを狙ってたんだな。三人がかりで、しかも足手まといがいるとなれば、楽な部類の仕事だろう」

「……分家の連中の仕事を邪魔させねえってつもりか。てめえ、一体どっちの味方なんだ？　一週間前は――」

「――一週間前も言ったはずだぜ？　僕は誰かの味方をしたくてこんなことしてるわけじゃねーよ。一週間前のことにせよ竹取山でのことにせよ、それに今回のことにせよ、好き勝手にやらしてもらってるだけさ――暇潰しにな。分家の連中の仕事なんざどうでもいい。ただ、零っち、お前じゃ総角三姉妹にゃ敵《かな》わないから、こうして僕が助けてやってるんだって。僕は零っちのことが大好きでたまんねーからな。まあ、どうだろう、マインドレンデルと燕尾の兄ちゃんは総角三姉妹に殺されちゃうかもしれねえけど、それはそれで諦めてもらおうってことで。弱肉強食は世の習いだし」

「じゃあ」

零崎人識は言った。

「つまり――お前は俺を拉致した以外は、今回の件に絡む気はねえってことだな？」

「ん？　ああ。僕はお前さえ無事ならそれでいい。今はそれが最優先事項で、そりゃ興味はそそられるが、マインドレンデルも総角三姉妹もどうでもいいっちゃどうでもいい」

「……燕尾の兄ちゃんを忘れてるぜ」

かはは——と、人識は笑う。

「『少女趣味《ボルトキープ》』零崎曲識。戦闘を嫌うその性格ゆえに、知名度や派手さじゃどうしても兄貴や大将に劣るが——どっこい殺人鬼としての純粋な地力なら、一賊の中でも群を抜いている。俺がなんであの人の言いなりになってこんな遊園地くんだりまで来たと思う？　それはよくよく知っているからだ。第一にあの人に逆らっても無駄だということを、そして第二にあの人と一緒に行動する限りにおいて、俺に身の危険は生じないということを——よくよく知っているからだ」

「……決め台詞を吐くじゃねえか」

人識の言葉に、出夢はむしろ冷めた反応を返した。

「僕にこんな風に密着されてすっかり発情しちゃってる、変態くんの癖に」

「悪質なデマを流すな！　お前と接触して以来俺のキャラクターは滅茶苦茶だ！」

「そりゃ被害妄想だよ」

「違うな、殺害妄想だ！」

「何言っちゃってんの、零っち、こないだなんか僕にすげえいやらしくキスされちゃったじゃん」

「そのエピソードでなんで俺が変態くん扱いされるんだ！　俺はお前と兄貴にだけは変態とか言われたくねえんだよ！」

「しかしえらく面白いこと言うじゃねえか——そうかそうか。確かにボルトキープについちゃ、『妹』の調査《フィールドワーク》でもよくわからねえところが多いんだよな……お前のいうことにも一理ある。よし、じゃあ賭けようぜ、零崎人識。総角三姉妹が仕事を果たすか、それとも燕尾の兄ちゃん……ボルトキープがマインドレンデルを守りきるか。僕は当然、総角三姉妹に賭けるぜ。僕が勝ったら、そうだな……今晩、僕とベッドインすること」

「なんでこの俺がそんなリスキーなギャンブルしなくちゃいけねえんだよ！」

「あ、そ？　なあんだ、結局は自信ねえんじゃん。悔しまぎれに思わず嘘ついちゃっただけってことか。いやいやいいよ、負け惜しみを本気にしちゃった僕のほうが大人げなかったし」

いまどきそんなんじゃ小学生だって乗ってこないというくらい程度の低い挑発だったが、しかし人識は、

「ああ!?　ふざけんな、自信はあるに決まってんだろうがよ！　俺がお前に対して悔しまぎれになる理由なんかねえ！」

と、あろうことか自ら蟻《あり》地獄に嵌《はま》っていった。

「その代わり、俺が勝ったら金輪際《こんりんざい》……いや、一ヵ月……、……一週間！　一週間は俺の前に姿を現さないと約束しろ！」

弱気な要求だった。

自分の貞操と引き換えの要求がその程度。匂宮出夢との付き合いにおいて、人識の心が既に折れている証左とも言えた。

「よっしゃ。ゲーム成立」

出夢のほうは、まるでこれこそが思い通りの結果だとでも言うように勝気な表情を浮かべ、そしてようやく、人識を寝技から解放した。解放したとは言っても片腕を後ろにひねりあげるという最低限の拘束だけは維持しており、彼に自由を与えたわけではなかったが。

「じゃあ、ふたりで仲良く見学するとしようぜ——『少女趣味《ボルトキープ》』零崎曲識の戦いをよ。どちらに転んでも僕にとってはとっても楽しいことになりそうだ」

ゲーム成立。

奇《く》しくも、策師萩原子荻にとって不確定要素である零崎人識は、これで盤上から除かれた——同じように今回の舞台から零崎軋識を降ろしている彼女に

とって、状況はこれで万全のはずだった。

勿論、彼女は忘れていたわけではない。

『少女趣味《ボルトキープ》』零崎曲識の存在を忘れていたわけではない――しかし、ここまでの戦いで一度も、どんな形においても手を出していない正体不明のかの殺人鬼がいきなり噛んでくる確率は無視していいくらいに低いと、彼女はそう読んだのだった。

確率を無視してその読みが外れたことは、当然、今後の展開を左右する――

◆　　◆

燕尾服にコントラファゴットを提げた零崎曲識の姿は確かに異彩を放ってはいたが、しかし常に何らかのイベントが起こっているといっても過言ではないテーマパークの敷地内においては、何かの一環という風にも見えて、それほど人目を引くというほどでもなかった。もっとも張本人たる曲識は、人目など最初から気にしていない――園内の雑踏などまるで取り合わない風に、人と人との間を縫うように大股で移動を続け、そして、

「そこのお前」

と――ランドセルランドの従業員服に身を包んだ、目深《まぶか》に帽子をかぶった女に声をかけた。二十代半ばといった感じのその女は箒《ほうき》とちりとりを持った、園内の清掃を担当している従業員らしい――と見えたが、しかし零崎曲識はそうは見なかったようだ。

女は一旦曲識のことを無視し、清掃活動を続けたが、

「そこのお前と言ったんだ——お客さまを無視するものじゃない」

と曲識に言われると、

「…………」

ふう、と息をついてから、女は箒とちりとりを近くの花壇に立てかけるようにしてから、緩慢な動作で曲識のほうを向いた。

「誰だ？　貴様」

それこそ——従業員のお客さまに対する態度ではなかった。

「私の正体を一目で見抜く奴なんて——これまでなかなかいなかったはずなんだけれどどな」

「そこまで殺気を撒き散らしていて、正体もへったくれもあったものじゃあるまい」

「殺気？　……そうか」

女は得心いった風に笑う。

「貴様——零崎一賊の者か」

「レンに対してはうまく警戒していたようだが、第三者に対する警戒が緩んでいるのは感心しないな
——僕は零崎曲識。参考までに言っておくと、僕のことをこう呼ぶ者達もいる——『少女趣味《ボルトキープ》』」

「零崎曲識……ボルトキープか」

女はそう頷いて、

「私は総角ぱれすだ。総角三姉妹長女、総角ぱれす」

と、名乗った。

そのことに曲識は少々面食らったようだった。

「それこそ、これまでなかなかいなかったはずなのだがな——零崎一賊に対して、相手が零崎一賊だと知りながら、堂々と名乗ってくる者は」

「零崎一賊の威光など、既に残骸だ」

女——ぱれすは言う。

「否——私達総角三姉妹の手により残骸となる」

「わかりやすい野心だ。総角……確か、匂宮雑技団の分家だったたか」

「そう——それすらも、いつまでも分家に甘んじる

つもりはないがな」

「改革派というわけか」

「その通りだ」

喋りながらも、ぱれすは少しずつ、横方向へと移動する。曲識も同じように彼女と一緒に動いた――暗黙の了解で、ふたりは戦いやすい場所を探しているのだ。

零崎一賊と匂宮雑技団分家。

立場は違えど――互いにプロのプレイヤー同士である。

「私も聞いているぞ――零崎曲識という名前と、その二つ名としてのボルトキープという呼称くらいはな。なにせ有名だ――マインドレンデルやシームレスバイアスと並ぶ有名な殺人鬼。一度、お眼にかかりたいと思っていた」

「それは光栄だ」

「……ただし、マインドレンデルやシームレスバイアスよりも更に、詳細不明な殺人鬼……滅多に表舞台に現れることのないプレイヤーだと聞いていたがな」

「別に僕は幽霊というわけではない。いるところにはいるし――出るところには出るさ」

殺人鬼だからな、と曲識は嘯《うそぶ》く。

それに対し、ぱれすは「殺人鬼ねえ――」と語尾を伸ばしたところで、足を止めた。この辺りがいい場所だと踏んだらしい。曲識の方もそれに異論はないようで、ぱれすを真似るように動きを止めた。そのままふたりは――しばし向かい合う。

双方、互いの腕前を探りあうように。

「菜食主義者」

やがて、ぱれすは言った。

「そう言えば、思い出した――ボルトキープは零崎一賊唯一の菜食主義者らしいじゃないか。無差別殺人を旨とする殺人鬼集団において、ただ一人、殺人対象に厳しい条件をつけているとか、いないとか――」

「悪くない」

曲識はそう言って、肩を竦《すく》めた。

「その通り。僕は菜食主義者だ——だから運がいいぞ。普通、零崎一賊に仇《あだ》なした者は一族郎党皆殺しと相場が決まっているのだが——僕を相手取るときだけは例外だ。条件を満たさない限り、一族郎党どころか本人でさえ殺されずに済むケースがある」

「ふうん。随分とお優しいことを言うじゃないか」

「優しさじゃない」

曲識は言う。

「ただのルールだ——意味らしい意味など何もない」

「……ちなみに、その条件とは？」

ぱれすはさして興味もなさそうに訊いた。

「私はその条件を満たしているのかい？　それとも満たしていないのかい？」

「それは自分の身体で確かめてみたらいいだろう」

「自分の身体じゃ確かめられないから訊いているんじゃないか——どっちにしたって、貴様は私を殺すことなど、できないのだからな」

すとん、と——ぱれすは軽く腕を振り下ろして、従業員服の袖口から棍棒《こんぼう》のようなものを落とした。棍棒のようなもの——否、それは鉄製のトンファーだった。ぱれすは自分の胸の前で、そのトンファーをクロスするように構えた。

「色々と試行錯誤はあったんだが——この武器が一番、私の性格にあっているようでな。最初から本気でやらせてもらうぞ、ボルトキープ。貴様にかかずらっている暇など、本来ないのだ——ちゃっちゃと片付けてしまわないと、マインドレンデルを見失ってしまう」

「トンファーか……悪くない」

曲識は彼女の構えを上から下まで眺めるようにする。

「攻撃と防御を併せ持った、いい武器だ」

「貴様もさっさと構えたらどうだ？　どうせ、そのファゴットが貴様の得物《えもの》なのだろう？」

ぱれすは曲識が首から提げている木管楽器をトンファーの打突部で指し示した。

「そうも堂々と見せつけられたら嫌でもわかる……

ボルトキープは音使いというわけだ」

「さあ、どうかな」

一応とぼけてみせる曲識だったが、しかし本気でごまかそうとしている空気は感じられない――ぱれすの指摘を否定するつもりはないようだ。

それを受けて、ぱれすは続ける。

「音使い……特殊な属性ではあるが、しかしその特殊性ゆえに、そうであると知れてしまえば手の内はすべて割れたようなものだ。音使いはおおまかに二つのタイプに分類できる。ひとつは音により他人の精神状態を調律するタイプ……もうひとつは音の衝撃波を直接的な武器として使用するタイプ。おっともうひとつ……例外として、往年のロックスターよろしく、楽器自体を武器にするタイプというのもあるか。……それで貴様は、どのタイプに属するのかな?」

「それも――自分の身体で」

「確かめてみるさ！」

いい、いい、
そっちだけはね！


と、ぱれすは曲識に最後まで喋らせず、トンファーを振りかざして、彼の場所に飛び掛ってきた――決して近くはなかったふたりの距離をあっという間に詰めて、即座に曲識に攻撃を繰り出す。

その一撃をかわしながら――しかし、曲識は反撃をしようとも、ぱれすの攻撃を受け止めようともしなかった。

その代わりとばかりに。

ファゴットのボーカルに差し込まれたリードを、零崎曲識はその唇でやんわりと食《は》んだ。

「作曲――零崎曲識」

連続で繰り出されるぱれすのトンファー攻撃を、器用に上半身の動きだけでかわしながら――零崎曲識は言う。

「作品No.12――『砂場』」

低音楽器のコントラファゴットは、基本的に独奏には向かないが――しかしその重厚な音色は聞く者の心に深く響く。

その心を支配するほどに。

「ぐっ……!?」

突然——総角ぱれすの動きが止まる。

否、それは止まるなどという生易しい表現で追いつきはしない——もっと露骨に、もっとありていに、動作が停止したと表現するべきだった。

一時停止——である。

「ぐっ……う、うう……」

トンファーを攻撃軌道中で止めたまま——うめくばかりのぱれすの存在を、まるですっかり忘れてしまったように演奏に熱中している曲識。

その熱演ぶりはうっすらと汗をかくほどのものだった。プロのプレイヤー同士の戦闘に相応しい死角とは言え、それでも遊園地の中のことである、これほどの大音量で演奏すれば周囲の一般客の目を引きそうなものだが——

しかし、ふたりに注目する者はいない。

仮にいたとしても、燕尾服の楽器演奏者と従業員の制服を着た女が絡んでいる様子を見れば、それはやはりテーマパーク内の一風景として受け入れがたいものではなかっただろうが。

最早《もはや》それは、戦闘の風景とはいえない。

ひたすらコントラファゴットの演奏に集中する男と——その前で、トンファーを構えたまま微動だにしない女。

ただそれだけの景色——である。

「前者のタイプというわけか……!」

歯軋《はぎし》りまじりにぱれすは曲識をきつく睨みつける。それくらいの自由しか、彼女には許されていないのだ。

音により他人の精神状態を調律するタイプ。

「だ、だが——こんな短期間に、しかもここまで決定的に……だと……？　馬鹿げてる——」

音による精神感応は、ぱれすの言う通りに技術としてはよく知られている——何も特別なことではない。クラシック音楽によるリラックス効果や、映像作品のバックグラウンドミュージックに至るまで、それは日常生活の中にもあふれているだろう。現代社会において、音楽は人間管理のもっとも効率のよい手段であるとさえいえるのだ。

　高揚する音楽。落ち着く音楽。

　不愉快な音楽。神経質な音楽。

　しかし――音楽は音の連続性によって成り立っているものだ。劇的な効果をあげようと思えばそれなりに時間を要するはずである。ゆえに、ぱれすのような接近して戦うタイプのプレイヤーからしてみれば、向かい合って近距離で対するのであれば精神感応タイプの音使いは本来恐れるに足りないのだ。

　だから精神感応タイプのプレイヤーは『殺し名』には少ない――それは非戦闘集団の『呪《まじな》い名』にこそ相応しい技術である。

　色々と探るようなことを言いはしたものの、総角ぱれすは零崎曲識は後者のタイプだと、ほとんど決めてかかった。そのタイプの場合は離れて戦うのはまずい――音という名の飛び道具を持っているようなものだ、接近戦しかない。

　だからこそぱれすは、不意をつくように曲識に飛び掛ったのだが――

「……こ、こんな――こんな滅茶苦茶な話があるか……、ぼ、ボルトキープ……！」

「安心していい」

　ようやく演奏が終わったところで――リードから口を離し、零崎曲識は言った。

「お前は僕に殺される条件を満たしていない――総角ぱれす。少しの間だけ戦えない身体になってもらうだけだ。それに僕はこういうケースでもない限り、実りのない戦争行為などに参加するつもりはないんだ。好きにやってくれればいい――今回の件も、たまたま知ってしまったがゆえの気まぐれに過ぎない」

　硬直したままのぱれすの手からトンファーを片方、こともなげに奪い――そしてそのまま流れるような動作で、曲識はぱれすの頭を打った。鈍い音がして、ぱれすは意識を失ったが——しかしそれでも彼女の身体は固まったまま、崩れ落ちはしなかった。

「全く……戦いというのは不毛だな。何一つ得るものがない」

曲識は立ったまま気絶している総角ぱれすの手に、元あったようにトンファーを戻すと、それからすぐに次の行動を開始する。

「とりあえず、まずひとり。確か三姉妹といっていいたな。……まあ、それくらいで済むのなら、悪くない」

◆　◆

「そこのお前」

今度は曲識のほうが、そう声をかけられた。

トンファー使いの総角ぱれすを打ち破って三十分もしない内のことである——振り向けば、そこには獅子がいた。

いや違う。

本物の獅子は直立したりしない。

ランドセルを背負っていたりしない。

それはとても可愛らしく、丸々とデフォルメされた着ぐるみのライオンだった——ランドセルランドのイメージキャラクター、ランドンである。

このランドン、とにかく愛嬌たっぷり、子供受けのするデザインなのだが、如何せん遊園地のコンセプトが開園時と今とでは百八十度といっていいほど変わってしまっていることもあり、園内では多少浮いている感のある着ぐるみである。

そして今、ランドンは普段よりも更に浮いていた。

仕方あるまい、なにせそのふかふかの手に、あろうことかヌンチャクを備えていたのだから。

「総角三姉妹次女——総角ろうど」

ランドン——否、ろうどはそう名乗った。

その名乗りに、曲識はわずかに眼を細めて、ゆっくりと振り向く。

「零崎一賊、『少女趣味《ボルトキープ》』零崎曲識……だ」

付き合いのように名乗ってから、

「そっちから来てくれるとは思わなかった」

と言った。

「さっき、お前の姉からされた質問を今度は僕がすることになるが……どうしてわかった？　僕が零崎曲識だと」

「そんな特徴的な格好をしておいて、どうしてもこうしてもないでしょう」

ろうどは言う。

着ぐるみを通しているので随分とくぐもっていて聞き取りづらい声だった。だが、それでも一応、女性であることくらいは伝わってくる。

「姉さんから連絡を受けたのよ。燕尾服を着てコントラファゴットを持った男が、私達の邪魔をしようとしているって――」

「そうか。思いのほか早く眼を覚ましたものだな」

曲識は驚いた風に言った。

それは計算外のことだったらしい。

「だが、まあ、それでもしばらくは戦える状態ではないだろう――違うかな」

「違わないわよ。困ったことをしてくれたものね、ボルトキープさん――と、言うとでも思った？」

着ぐるみゆえに表情は読めないが、しかしそれは自分の姉を倒されておきながら、不気味なほどに余裕たっぷりの態度だった。

「むしろ正体不明の不確定要素だったボルトキープを引っ張り出せたというだけで、既に今回のミッションは成功しているようなものなのよ――まずはあなたを片付けて、そのあとマインドレンデルを整理すれば……私達、総角三姉妹の名もますます上がろうというものじゃない」

「悪くない。そういう前向きな思考は、悪くない――しかし、果たしてそううまく行くものかな。人間には分相応というものがある――過ぎた野心は身を滅ぼすぞ」

「お気遣いどうも」

ろうどは笑う。

やはりそれはくぐもった笑いだった。

「お優しいのね――ボルトキープさん」

「だから――優しいわけではないさ」

「ふうん――まあいいけれど。けれどもあなた、ちょっと私達のことを侮《あなど》り過ぎじゃない？　姉さん一人を倒したくらいでいい気にならないで欲しいわね」

「僕は適正な評価をしているつもりだ」

零崎曲識は言いながら、周囲をうかがった。

そこは既に死角と言っていいような場所だった。

今回は移動する必要はなさそうだ――どうやらろうどは、曲識が都合のいいフィールドにたどり着くのを見計らってから、近づき、声を掛けてきたらしい。

そしてこの距離になればわかる――彼女は殺気で満ちてる。

容赦なく曲識を殺す気らしい。

殺し屋なのだ、それが当然だろう。

しかし……、曲識としては、このケースは……。

「ん……よく、わからないな」

「はい？」

「いや――お前を殺していいのかどうか、よくわからないと言ったんだ。着ぐるみなど着られていると、お前が僕に殺されるための条件を満たしているのかどうかが判断しづらい……」

「……ああ」

そういうこと、と、ろうどは言う。

「あなたも愚かな主義を持っているのね――姉さんはそのお陰で殺されずに済んだけれど、その代わりにあなたが殺されることになる。まるで聖者のようじゃない」

「何故そうなる？　服装と楽器の種類を知られた程度では僕は何も困らない。むしろそのお陰でお前をおびき出せたとさえ言える」

「服装と楽器だけのわけがないでしょう――当然、あなたがそのファゴットでどんなおいたをするのかについても聞いているわ」

音楽による精神感応。

音により他人の精神状態を調律するタイプ。

「その手の技術は敵に知られずに行使してこそ本領を発揮できるものでしょう。逆に言えば、最初から種が割れているのならば――ほとんど怖くないわ」

「…………」

「あなたがどんな条件を満たされれば人を殺すのか知らないけれど、私ならこういう条件にしておくわね。『自分の戦法を知った』相手は――殺すと」

「残念ながら、そんな程度の低い条件は含まれていない。同じことだ。戦法を知られたところで、僕は何も困らないだ。服装や楽器の種類と同じこと」

「あっ、そう――」

零崎曲識バーサス総角ろうど。

口火を切ったのは、今度は曲識の方だった。

「作曲――零崎曲識」

とは言え、曲識のやったことはぱれすのときと同じで、コントラファゴットのリードをくわえて、独奏を開始しただけなのだが――

しかし零崎曲識は音使い。

「作品No.6――『滑《すべ》り台』」

彼の発する音はただの音ではない。

それをろうどは、既に敗れたぱれすから聞いているはずだった。

それなのにろうどもまた、ぱれすがそうしたのと同じように――そんな曲識へと一直線に、駆け込んでいったのだった。

ヌンチャク。

映画などではお馴染みで、一見するとトンファーと似たような武具ではあるのだが、しかしこれほど扱いの難しい凶器はそうはない。ろうどはそのヌンチャクを、分厚い着ぐるみを着たままで見事に操ってみせている――それは絶句するに値する光景だった。

だが――しかしそれは無駄な行為だ。

結局、零崎曲識の音による支配で総角ろうどの動きは止められてしまうのだから——

「…………っ！」

ファゴットを抱えたまま、宙返りするような動きで曲識はヌンチャクの軌道を避けた——総角ろうどの動きは止まらなかった！

止まったのは音楽の方だった。

曲識は思わず、演奏を中止してしまったのだ。

動揺を隠し切れない表情で、ランドンの着ぐるみに身を包んだ総角ろうどに視線をやる曲識——彼女はあえて追撃してこようとはせず、ひゅんひゅんひゅんひゅんと、それこそ映画中のパフォーマンスのように、ヌンチャクを回転させてみせるのだった。

「どうしたのよ、ボルトキープさん……随分と顔色が悪いじゃない」

「……訂正しよう。確かに僕は、お前達のことを少し侮っていたようだ」

「あら。潔いじゃない」

そう言って、ろうどはヌンチャクの動きを止めた。

「じゃあ、そのまま潔く——死になさい」

そしてそのまま、ろうどは間髪いれず、宙返りから着地した体勢のままの曲識へと向かう——とどめをさすために。

実のところ、ろうどが取った零崎曲識対策というのは至極《しごく》単純なそれだ。

着ぐるみ——である。

総角ぱれすが従業員に変装していたのと同じように総角ろうどはランドンに変装しているのだと、当然のように零崎曲識はそう理解したが、しかしそれは違う。ろうどは先ほどまで、ぱれすと同じく従業員の格好をしていたのである——ぱれすから曲識の戦法を聞いて、その対策としてランドンの着ぐるみへと着替えたのだ。ちなみに、ランドンの着ぐるみを手に入れるために取った手段、及びその際に生じた犠牲については語る必要はない。ひとつだけ言うとするなら、殺し屋たるろうどは手段を選ばないし、犠牲を払うことを厭《いと》わないということだ。

音使い。

人の心を支配する音。

その音を防ぐためには、耳を塞《ふさ》げばいいというものではない——音とは究極的には空気の波であり、ならばそれは肌で感じるものだからだ。音とは身体全体に響くものである。だから全身をくまなくカバーする着ぐるみが必要だったのだ。

何も完璧に音を遮断することなどない。

分厚い生地で縫製された着ぐるみの中から聞こえるろうどの声はくぐもっていた——裏を返せば、着ぐるみの外から聞こえる音は中には違うように響いているということだ。

精神感応に際する音は、繊細で、また精密なものである。分厚い着ぐるみによって転調されてしまっては、とてもではないが本来の目的を達せられるわけがない。

ゆえに——零崎曲識の精神感応は総角ろうどには通用しないのだ！


「作曲——零崎曲識」

しかし、それでも。

曲識は向かってくるろうどに対して——逃げようともせず、またしてもファゴットのリードをくわえるのだった。

そう——曲識はまだ気付いていない。そのあまりの単純さゆえに、また変装という先入観もあり、ろうどにどうして自分の精神感応が通じないのか、まるでわかっていない——

が。

どうして通じないのかなど、彼にとってはどうでもいいことだった。

通じないということがわかれば、それでいい。

それならそれで——違う手がある。

「作品No.9——『雲梯《うんてい》』」

それを曲と言うのは無理があるかもしれない。

重低音の旋律を一応奏でてはいたが——しかしそれは、それよりも何よりも、大量の火薬が爆《は》ぜたときのような、大音量の爆音だった。

その音が破壊力を伴ってろうどを直撃する。

衝撃波。

それは着ぐるみの分厚い生地をも――貫通する。

音が――身体全体に響く。

何が起こったのか理解する頃には――遅かった。

彼女はそのまま後方へと吹っ飛ばされ、仰向けに、大の字に倒れる――手を離れたヌンチャクが空中でくるくると回転し、そして、先程の大音量に比べれば実に取るに足らない軽い音を立てて、地面に落ちた。

「……く、くは――」

着ぐるみの上からでもわかるほどに全身をびくびくと痙攣《けいれん》させながら――総角ろうどはうめく。

「い、今のは……今のは音による、衝撃波――」

音の衝撃波を直接的な武器として使用するタイプ。

転調も何もあったものじゃない――繊細さにも精密さにも欠けた、ただただ、物体としての音。

死角での演奏とは言えファゴットでの演奏が一般客の目を引かないのは、曲識が意図的に、一定の距離でその音を遮断しているから――だった。

零崎曲識は音を完全にコントロールしているのだ。

「ば、馬鹿な……あなた、まさか、両方――」

「僕に言わせれば、血液型でもあるまいし、どうしていちいちタイプ別に分類するのかわからない。どうして両方使える音使いがいると考えないのかわからない――」

「そ、そんなの――」

二通りの音使い――零崎曲識。

精神感応と衝撃波、共に使いこなす――しかも、この練度で、この威力で！

「そんな……同じ音使いといっても精神感応と衝撃波とじゃ全然種類が違う……いえ、相反するものなのよ……相反するふたつを、同じくらいの練度で会得しているだなんて……百メートル走とフルマラソンを、両方極めているようなものじゃない……」

「ふむ。いいたとえだ。悪くない」

言いながら——曲識はろうどのかぶっている、ランドンの着ぐるみの頭部をやや乱暴に、足で取り外した。中から現れたのは蒼白になった若い女の顔である。ぱれすよりひとつふたつ下、曲識から見ればひとつふたつ上といった風の女。抵抗する素振りは見せなかった——いや、身体全体をとてつもない衝撃波が通り抜けていったのだ、動きたくても動けないのだ。

「悪くない」

それを見てとって、零崎曲識は言う。

「よかったな。お前もまた、姉同様に僕に殺されるための条件を満たしていない——殺すのは我慢してやろう。悪くない」

「…………」

ろうどはもう、何も言わなかった。

こういう場合の定番の台詞である「殺せ」さえも言わなかった——それだけの気力もなかったのだろう。曲識ももうそれ以上構わず、後ろ髪ひかれる様子もまるでなく、あっさりとその場を立ち去る。

「これでふたり。残るはひとりか……ふむ。どうしたものかな——」

◆　◆

「…………っ！」

本当のことを言えば零崎曲識は、総角ぱれすと総角ろうどの二人を戦闘不能にしてのけたことにより、この日曜日に自らに課していた役割をほとんど終えたようなものだった。総角三姉妹も残るはひとり——ひとりくらいであれば、足手まといを抱えた零崎双識でも対応しうるだろう。相手方の戦力を三分の一まで削減したのだ、既に十分な戦果と言える。また彼は、零崎人識が匂宮出夢によって拘束されているという事実を知らない——自分が半ば無理矢理連れてきた以上、ひとりくらいは人識に任せてやらないとバランスが悪いというおせっかいな考えもあった。

それに――この分だと、総角三姉妹の三女というのも、どうせ自分に殺される条件を満たしてはいないだろう。

ならばこんな場所――長居するだけ目の毒だ。

そう考え、だから曲識はろうどを倒したところで、このランドセルランドから退園しようと決めたのだった――彼は大層な変人だが、しかしだからといって零崎一賊長兄のデートを必要もないのに覗き見したりつけまわしたりする趣味はなかった。

趣味。

そう、趣味ではないのだ。

だから――その一撃が背後から襲ってきたとき、曲識は完全に戦闘から意識を切っていたといっていい――このあたりが菜食主義者、零崎曲識の甘いところだった。

ぎりぎりでその一撃は回避する。

否、回避できたとは言いがたい。

コントラファゴットを吊り下げていたストラップを、その一撃は見事に切り裂いたからだ――コントラファゴットは重い楽器である。ストラップが切られてしまえば、そのまま地面に落ちるしかない――楽器にとって取り返しのつかない破壊が起きたと確信させる音を響かせて、コントラファゴットはアスファルトに叩きつけられた。更にそこに追撃が伸びてきて、その木管楽器を遠くへと転がしたのだった。

恐らくその攻撃は、最初からストラップを狙っていたのだろう。

だからこそ曲識は殺気を感じ取れなかったのだ。

殺意に鋭敏な感覚を持つ零崎一賊だからこそ、殺意なき攻撃にはことのほか鈍感なのだ――曲識は地面を這うように吹っ飛ばされたコントラファゴットを、一瞬だけ追おうとしたが、それは不可能だろうとすぐに思い直し、攻撃を加えてきた者のほうを振り向いた。

そこにいたのは年端もいかない少女だった。

フリルのついたスカートをはいた、清潔な白いシャツの女の子。

ただし——体格に不似合いな長さの、三節棍《さんせつこん》を帯びていた。

「総角三姉妹三女——総角さえら、なんだから」

彼女は鈴の鳴るような声でそう名乗った。

「零崎曲識——やってくれたよね。舐めてくれたよね。許さないんだから」

「……随分と歳の離れた姉妹なんだな」

若干の間を置いて——曲識は言った。

「一応、警戒はしていたんだ——長女と次女、そのふたりに似た風貌の者がいないかどうか、あるいは着ぐるみを着た者が近づいてこないかどうか……、しかし、まさかお前のような子供とは」

「意外でしょ？　それが狙いだもんね」

総角さえらは、愉快そうに笑う。

子供らしい無邪気さをこれでもかとばかりに振りまく態度だった。

「そうでなくともランドセルランドという、これだけ子供の多いシチュエーション……、あたしの姿は結構まぎれちゃってたんじゃない？」

「ああ。悪くない」

さえらの言葉に、曲識はそう応じる。

「長女のトンファーに次女のヌンチャク、そして三女のお前が三節棍か。悪くない。……実をいうとついさっきまで、僕が出てくるまでもなかったかと考えていたのだが——そうではなかったようだ。僕が出てきて正解だった。お前達は十分に、僕達に敵対しうる資質を備えていた——足手まといのいる状況下においては……否、たとえ足手まといがいなかったところで、三人がかりであれば、案外レンの奴を殺せていた可能性はあるな」

それにしても人識は一体何をしているんだ、と曲識はぼやいた。

「何をぶつぶつ言っているのよ、ボルトキープさん……言っとくけど、命乞いなんかしても無駄だから

ね。お姉ちゃん達を殺さなかったから、自分もまた殺されないなんて思わないでよね。あたしは借りは二倍にして借り倒す女なの。大体あたしとしちゃ、こーんな簡単にやられちゃうようなお姉ちゃん達なんて、逆に殺して欲しかったくらいだよ。そうすれば手柄は独り占めだもんね。三人がかり？　本当のことを言えばこんな程度の任務、あたし一人で十分だったんだから」

「……悪くない」

曲識は驕慢《きょうまん》さあふれるさえらの言葉に、かすかな笑みを漏らしつつ、そう言った。

「子供はそうでなくてはいけない。人間には分相応というものがあるが、子供だけはその例外だ」

「はあ？　何言っちゃってんのあんた？　余裕ぶって、それでプライド保ってる感じ？　いいわ、あたしは優しいから、もうちょっとだけあんたのお喋りに付き合ってあげる——どうせ殺すことは決定しちゃってるんだもん」

こうなればボルトキープもまな板の上の鯉《こい》よね、と、さえらは笑う。

気がつけば、周囲に人はいない。

総角ろうどと同じく、タイミングを見計らって、さえらは曲識のストラップへと攻撃を加えたらしい。転がったコントラファゴットを拾う者もいない。死角——である。

「あの無駄にでっかい楽器……あれがボルトキープって言うの？　まあ、音使いの弱点よね——楽器なしじゃ何にもできないんだから」

「楽器のことを簡単そうに語るな。お前も縦笛くらいは吹くだろう——美しいメロディを奏でるとき、お前の心は動かないのか？」

「音楽の先生みたいなこと言わないでよ、鬱陶《うっとう》しい。しかし、本当にわかんないよね——なんであんた、お姉ちゃん達を殺さなかったの？　条件を満たしてないとか何とからしいけどさ……まああんなことを言ったけど、そこんとこは本当、ちょーっとだけは感謝してあげてもいいのよ？　あんな役立たず達でも一応、お姉ちゃんなんだから。けど、むしろあんたはその所為《せい》でこそ死ぬことになる——」

「次女にも同じことを言われた」

やはり姉妹だな、と曲識。

若干の挑発を孕んだその言葉に、しかしさえらはそれほどの反応を見せない——圧倒的に優位な立場にいるという意識がそうさせるのだろう。

「聞いているわよ、あんたの戦法——いえ、技術……いっそのこと『才能』と称するべきなのかな？　音使い。しかも、精神感応と衝撃波、その両方を使いこなす音使い——なんだってね」

「ほう。次女のほうも早々に目を覚ましたということか」

そこは素直に感心した風に、曲識は言う。

「大したものだ……そうだ、そうでなければ、お姉ちゃん『達』が倒されたことをお前が知っているわけがないな。なるほど——悪くない」


「悪くないって、何がよ。適当なこと言ってんじゃないわよ、もう。たとえばあたし達で言えば、三女のあたしがこんな愛らしいお子様だってことは、秘中の秘——替え玉の三女を用意してあるくらいの機密事項よ。なのにあんたはどうして、自分の音使いとしての特性を知られた相手を生かしておくわけ？」

「次女にも言った。その程度のことで僕は困らないからだ——こそこそと隠すつもりなどさらさらない」

「その割には、ボルトキープって言えば零崎一賊の中じゃ、知名度の割には隠匿《いんとく》されがちじゃん」

「僕程度の存在を秘密とは言わない。僕はただ単に影が薄いだけだ」

本当の隠匿事項は、他にある——

曲識は含みを持たせて、そう言った。

「本当の隠匿事項？　何よそれ」

「それこそ教えるわけがないだろう。悪くない」

「……どうも、気に食わないわね——その態度」

さえらは言う。

さすがにそろそろ、曲識の態度が鼻についてきたようだ。

「自分が絶体絶命のピンチに陥ってるってこと、ちゃんとわかってる？　生殺与奪《せいさつよだつ》の権は全部あたしに握られていて、しかも死刑判決がもう出ちゃってるって、ちゃんとわかってる？　それともあんた、ひょっとして、この期に及んで誰かが助けに来てくれるとでも思ってるの？　零崎双識なら来ないわよ——今あいつ、まるっきり別のエリアにいるんだから」

「期待していない。また、その他の者の助けも期待していない。零崎一賊は馴れ合いの組織ではないのだ」

「はあ？　じゃああんたが今やっていることは何なのよ」

「馴れ合いではない何かだ」

それに——と曲識は付け加えた。

「僕は全然、自分が絶体絶命のピンチに陥っているとは思っていない——この程度のことで、何がピンチなものか」

「…………」

「総角さえら。五年前の『大戦争』を欠片《かけら》も経験していない癖に——この僕に対して一丁前に語るなよ。あの途方もない赤さに比べれば——こんな状況はまるで遊園地だ」

まるで全然、悪くない——と。

零崎曲識はそう言った。

「あんたねえ——いや、もういいわ」

さえらはそんな曲識に、とうとう見切りをつけたようだった——無理からぬ話だ、『殺し名』として最も異質な零崎一賊をまともに理解しようというほうが無理がある。

そもそも、『殺し名』。

殺し屋と殺人鬼。

言葉で理解し合おうなど無体な話だ。

無駄な話だ。

「もう死になさいよ——ごちゃごちゃくっちゃべってる暇があれば、走ってあの楽器を取りに行けば？

えーっと……コンドルファ……」

「コントラファゴットだ」

曲識は律儀に訂正した。

「ダブルバスーンともいう」

「あっそ。ともかく、あたしよりも速く動く自信があるのなら、取りに行けばいいじゃない――もっともあんな派手に転がった後で、まともな音が出るかどうかは怪しいけどね。管楽器ってのは繊細なものなんでしょ？」

「お前より速く動くことなど、簡単だ」

曲識は――続けて律儀に、そう訂正した。

「お前が動くのを確認してから動いても、僕はコントラファゴットの場所へと辿《たど》り着けるだろう」

「…………」

何を言っているのかわからないという表情になるさえら――この男、ただでさえ二つのスキルを使いこなす度を越した音使いの癖に、フィジカルな側面においても相当に秀でているとでも言うつもりなのか？　勿論、『殺し名』である以上、そこらへんの一般人よりはいくらかパラメーターは高いだろうが、しかしいくらなんでもそこまでの数値は望めないはず……。

さえらからの疑惑の目に、

「嘘だと思うなら、その三節棍で僕を攻撃してみるがいい」

と、曲識は言った。

「僕はそれから、のんびりとコントラファゴットを取りに行かせてもらうとしよう。それもそれで――悪くない」

「……ああ、そうですか！」

遂に堪忍袋《かんにんぶくろ》の緒が切れたのだろう。

優位な立場にいたはずなのに――いつの間にか自分の側が追い詰められているかのような状況になっていた。こらえきれずに奇声を発して、総角さえらは三節棍を振りかざし、零崎曲識の咽喉《いんこう》を突きにかかった――はずだった。

だが、はずも何もない。

さえらの三節棍は——ぴくりとも動かなかった。

三節棍どころか、腕も、脚も、胴体も——身じろぎもしない。

「……え？　え、えええ——」

「どうした、動かないのか？　総角さえら。ならば僕は、お先に取りに行かせてもらうとしよう」

言って曲識は、本当にのんびりとした歩調でコントラファゴットのところにまで移動し、アスファルトに摩《す》り下ろされる形で傷だらけになった木管楽器を大事そうに拾い上げた。

一応、リードをくわえて試してみるが——さえらの言った通り、それは曲識が期待するような音色からは遠く離れたものだった。

「ふう……修理に出すしかなさそうだな。いや……買い換えるしかないか」

「か、買い換える……？」

「誤解しているようだが」

曲識はそれでもコントラファゴットについた汚れを手で払いながら、身動きが取れないでいるさえらを振り向いた。

「ボルトキープというのはこのコントラファゴットの名前じゃない——僕はレンやアスのように、得物の名前がそのまま二つ名の由来になっているわけじゃないんだ。楽器は、ただの楽器だよ。それだけで素晴らしい存在だが、しかし突き詰めれば音を出すための道具に過ぎない」

「な——」

「音楽というのは要するに音だろう。裏を返せば、音でさえあれば音使いにとってはそれでいいんだ。コントラファゴットでなくとも、どんな楽器でも構わない。トランペットでもクラリネットでも、ハープでもギターでも、太鼓でもティンパニーでも、木琴《もっきん》でも鉄琴《てっきん》でも構わない。ならば——それは『声』でもいいだろう」

「こ、声——」

「言葉だよ」

曲識は言った。

「僕のお喋りに付き合ってくれたお前の優しさには感謝している――お陰で命拾いした」

「あ……だから！」

総角三姉妹長女総角ぱれすは、コントラファゴットの演奏開始直後に精神の支配を奪われた――そんな短期間で肉体の指揮権を決定的に奪われるなど、本来ありえないことだった。それをぱれすは曲識のスキルの高さゆえだと判断したが――そうではなかったのだ。

コントラファゴット演奏前から――既に曲識の支配は始まっていた。

そこのお前――と声をかけた段階から、下地作りは始まっていたのだ。

自分の声、言葉、台詞という『音』で――彼女の心を絡めとりにかかっていたのだ。

「……こ、コントラファゴットや……その燕尾服は……フェイクだったのね！」

「フェイク？　何を言う。僕は音楽家だ。音楽家で、音使いで、殺人鬼であるというだけだ。嘘《フェイク》などひとつもない。お前達が勝手に勘違いするだけだ――格好良くもない台詞だが、だから一応言っておいてやろう。勘違いするな――とな」

「くうっ――」

「『三節棍を落とす』」

曲識は、区切りのよい発音でそう言った。

言われた直後、さえらの指先が勝手に動き――手にしていた三節棍を離してしまった。それはさえらの靴の上にかぶるように落ちたが、そちらについてはまるで反応できない。離したあとの手は、馬鹿みたいに開いたままだ。

「な――なによ、これ……！」

「これだけ長く話していれば、コントラファゴットがなくとも十分だ。お前の肉体の指揮権は、既に僕にある――つまり僕はお前の指揮者というわけだ。

『足を閉じて両腕を脇に揃える』」

逆らおうとする間も、抵抗しようという暇もなく——曲識に言われた通りに、総角さえらの身体は動いた。

否、それはもう総角さえらの身体であって総角さえらの身体ではない。

零崎曲識の身体だった。

指揮権と、そして所有権は——彼のものだった。

自分の身体が自分の思い通りに動かない恐怖——否、自分の身体が他人の思い通りに動く恐怖。それは何よりも、総角さえらの心を戦慄させた。

あの自由奔放を旨とし、他人から束縛されることを何より嫌う零崎人識が、曲識に対しては言われるがままに、こんな遊園地くんだりにまで大人しくついてきた理由も、そうとわかれば頷けようというものだ——曲識と行動する限りにおいて身の危険はないという第二の理由はともかくとして、曲識に逆らってても無駄だという第一の理由には、否定のしようもなく頷けようというものだ。

人識は零崎双識や零崎軋識から聞いて、よくよく知っていた。

曲識の『言葉』に逆らうことの無意味さを。

「さて——そう言えば長女が言っていたな。音使いはふたつのタイプに分類できる……そしてもうひとつ、例外があると。それは往年のロックスターよろしく、楽器自体を武器にするタイプ——」

無論、と言う。

言いながら——曲識はさえらの場所に戻ってくる。逃げることはできない。

曲識の許可なく——さえらは逃げることはできない。

「このコントラファゴットにそれができないわけではない。全長一・四メートル、管長六メートル、重量六キログラム……アスの『愚神礼賛《シームレスバイアス》』よろしくとはいかないだろうが、既に楽器としての用はなさないようだし、そういう使い方も——悪くない」

「く……、あ、あんた、ぼ、ボルトキープ、あたしもまた戦闘不能にするつもりなのね――その楽器で殴りつけて、お姉ちゃん達と同じように！」

「いや」

曲識はその言葉に、にべもなく首を振った。

それは冷酷さを伴った動作だった。

「お前は殺す」

「……え？」

「お前は僕に殺される条件を満たしているということだ。……正直、我慢するのが大変だったんだ。家族連ればかりのこの遊園地には条件を満たしている者が多過ぎる……レンのデート相手を筆頭にして、本当に、目の毒だった。デートの邪魔になりかねないことはしたくないが、せめて一人くらいは殺しておかないとな」

ぽかんとなってしまったさえらの前へと辿り着き、無情に、コントラファゴットを持ち上げる曲識。それは一片の迷いもない動作だった。

「『笑う』」

曲識の言葉に従うように、笑顔の形を作る総角さえらの表情――その笑顔の形を見て、曲識は満足そうに頷く。

「そう――せめて人間らしく、笑って死ね」

人殺しの鬼――殺人鬼。

殺人鬼集団、零崎一賊。

どれほど仲間内で浮いていようと――零崎曲識がその一員であることを、そして中でも群を抜いて禍々《まがまが》しき殺人鬼であることを、決して忘れてはならない。

ボルトキープ。

少女趣味。

その二つ名の由来も、また――

「僕は零崎曲識」

そう言って――彼はコントラファゴットを振り下ろした。

「少女以外は、殺さない」

◆　◆

「まさに圧巻だったな」

零崎曲識と総角三姉妹との戦闘を離れた場所から——否、つかず離れずの形でずっと見守っていた零崎人識は全てが終わったところで、すぐ隣にいる、その間ずっと自分の腕をひねりあげ続けている匂宮出夢に対して、自慢げに言った。

「俺の言った通りじゃねえか。曲識のにーちゃんが、総角だかなんだか知らねえが、そんな連中に負けるわけがねえんだよ。これで俺はお前から一週間の間、解放されるってわけだ」

「は？」

匂宮出夢はそれでもなお人識の腕を離さないままに、不思議そうに首を傾《かし》げる。

「なんで僕が約束を守ることが前提になってんだ？」

「それはどう考えても前提だろ！」

「そうか？　じゃあ、お前が僕とベッドインするっつーんなら、僕も約束を守ってやってもいいぜ」

「その時点でもう約束が破綻してるだろうがよ！」

「まあまあ、僕も誠実な殺し屋でありたいと思ってるからな、約束を守ることは流鏑馬《やぶさめ》じゃねえんだぜ」

「やぶさかではあるのかよ！　つーかいい加減、俺の腕から手を離せ！　痛いの通り過ぎて感覚なくなってきただろうが！　ひょっとしてまた折れてんじゃねえのか、俺の腕！」

「まあまあ。もし折れたら救急車が来てくれるおまじないを唱えてやっからさ」

「普通に電話で呼べや！」

「しかし、確かにお前の言うとおりだったぜ、零崎人識——驚きだ。はっきり言って、今僕達が目撃者となった戦闘の結果は、お前が思ってるよりよっぽどすげえことなんだぜ？　総角三姉妹は決して弱くはなかった——総角ぱれす、総角ろうど、総角さえら。一人一人が今のお前と互角レベルの実力をもった殺し屋だった。僕は今でもお前をこうして拘束したことを間違いだったとは思ってねえ——零崎曲識か。少女趣味とか言うから、どんなゴスロリ野郎なのかと思っていたが、なるほど、少女趣味は少女趣味でもそういう少女趣味か。しっかしあれだよな、老若男女お構いなしのお前とかマインドレンデルとかの方が本当は残虐なはずなのに、対象を少女に限ってるあの燕尾の兄ちゃんの方がイメージはおどろおどろしいよな——ぎゃはは。少女専門の殺人鬼ね。鬼でありながら——随分と人間っぽい奴だ。じゃあ考えてみたら僕とか激ヤバじゃん」

「そう、そうだぞ。だから俺なんかに構わずに、お前はあの人に付きまとうべきなんだ。やられる前にやらねーと……」

「いやあ、すげーのは認めるけど、いまいち僕の好みじゃねえんだよな——ああいうのは。音——なかでも音声による精神支配ってのは見事の一言だが、やっぱそりゃ基本的に『呪い名』の領分だろ。特に僕は『匂宮』だからな——洗脳統制主義の『時宮《ときのみや》』を嫌う者として、零崎曲識を評価するわけにはいかねえよ」

「音による衝撃波攻撃もあるだろ」

「ああ、あれもあれで面白い——けどさ、それも含めて、その種が割れちまえばやっぱり面白味も半減だよ。何も知らないまっさらの状態で戦うならかなり面白かったかもしんねーけどさ——お。あいつ、帰っちまうつもりらしいぞ。お前のこと置いて帰るのかな。冷たい奴」

「あの人は多分、俺は俺でどっか別の場所で別の戦いを繰り広げているとか思ってるよ……思い込みの激しい人なんだ」

「へえん。で」

そして匂宮出夢は。

ここでようやく、零崎人識から手を離した。

人識はその腕の無事を確認するようにぶらぶらと振ったりしてみせたが、どうやら一応、折れてはいなかったらしい。

「お前はこれからどうするんだ？」

「…………………」

「ボルトキープはただ単にマインドレンデルをガードしただけくらいに思ってるかもしれねーけどさ……総角三姉妹を手にかけちまうなんて、これって結構踏み込んだ真似しちまってるぜ？　お前らが巻き込まれてるバトルの、今後の展開を左右するほどのな」

「……巻き込まれてる？」

人識が耳ざとく、出夢の言葉尻をつかまえる。

「ってことは——最終目標として零崎一賊が標的にされてるわけじゃねえのか？　あくまでも通過点として狙われているだけであって……『殺し名』のバランスがどうとか言ってたな……じゃあ、兄貴の読みは、半分しか当たってねえってか？」

「おっと、口が滑ったか——まあしかし、マインドレンデルの読みは半分も当たっている——と、そう評価するべきだろうな。それでも現時点じゃ当て過ぎなんだよ。そしてその勘のよさは——決していいようには働かない」

で、と出夢はもう一度訊いた。

「これからどうするんだ？」

「……一週間俺の前に姿を現すなってのは取り消すよ、匂宮出夢」

人識は言う。

「その代わり、今から一時間ほど俺に付き合え」

「あん？　なんだよ、強引なお誘いだね。ひょっとしてデート？　うっひゃあ、ダブルデートじゃん」

「傑作なこと言ってんじゃねえ——一時間っつったら、お前に取っちゃ殺戮の時間だろ」

殺戮は一日一時間。

匂宮出夢のモットーである。

「これから総角三姉妹の生き残り二人を狩りに行くから付き合えっつってんだよ。……まさか手負いの二人になら俺が遅れを取ることもねえだろうが、それでもお前は不安だっつーんだろうから、連れてってやる。俺も軽く見られたままで黙っていられるほど、人格者じゃねえしな」

「……へえ」

　匂宮出夢は皮肉げに笑う。

「ついでにいらん禍根も絶っておこうってかい？」

「そういうことだ。俺にもどうしてなんだかわからんが、曲識のにーちゃんは自分の戦法が露見することにかなり無頓着でな……精神感応にせよ衝撃波にせよ、お前の言う通り、相手がそれを知らなくてこそ本領を発揮できる技術だっつーのにさ。こんなとこまで連れて来られて何もせずに帰るのも業腹《ごうはら》だから、曲識のにーちゃんの秘密を守るのに一役買っといてやる。……それに、俺にゃあピンと来ねえ話だが、ただでさえ零崎一賊はその敵を皆殺し以上にするのが通例なんだ。曲識のにーちゃんの気まぐれは結構だが、それで二人も生き残らせるわけにゃいかねえ。お前の言うところの、今後の展開のためにもな」

「年上の奴のフォローかよ。大変だねえ」

「これは俺の気まぐれだよ。……なるほど、俺と曲識のにーちゃんはそういう意味じゃ、確かに似た者同士なのかもな。知ってしまった以上何もせずにいられるほど――俺もまた、冷血ではないということらしい、ぜ」

　冷血ではない――流血の一賊。

「へえ――似た者同士ね」

「来いよ。まさかここまで黙って見ておいて、分家の人間が殺されるのを見てられないとは言わないだろうな」

「ぎゃはは。言うわけねーって。大体、本家と分家は仲悪ぃんだよ。むしろ危なくなったらいくらでも助けてやんよ、零っち――ちなみにボルトキープの戦法なら僕も知っちゃったけど、僕のことは殺さなくっていいのかい？」

「お前なんか、敵じゃねえ」

そんな風に、零崎人識は悪態をついた。

成立してしまえば——それは、最悪のタッグだった。

そう、最悪の名に値する二人組だった。

そして二人は歩き出す。

零崎曲識と総角三姉妹との戦闘をずっと見守っていたのだ、総角ぱれすと総角ろうどがいるだろう位置の大体の推測は立つ——その足取りにはまるで迷いがなかった。

途中。

彼らは一人の女子中学生とすれ違う。

なにぶん時間もランドセルランドの客入りがピークの頃合いで、雑踏の中のことだった、既に意識を戦闘モードに切り替えていた彼らはその女子中学生を遊園地の一風景として見逃した——仮に見逃してなかったとしても、特にどうとも思わなかっただろう。

二人にとってその女子中学生は、あくまでも零崎双識の足手まといとしての一般人でしかなかったのだから。

着ているのも中学校の制服だ。修学旅行生が訪れることも多い遊園地という場所を考えれば、燕尾服のような格好と違って、目立つ格好とは言いがたい。顔を覚えていなくても無理はない。

だがしかし。

当然、その女子中学生——萩原子荻にしてみれば、零崎人識は——自らの策における不確定要素的存在として、忘れるはずもない顔だった。

そしてすれ違いざま、彼女は聞いた。

人識が隣にいた、全身を革で決めた少女に対して、どう呼びかけていたか——

——匂宮出夢。

匂宮——殺戮奇術集団、匂宮雑技団！

「…………あは」

無論、既に彼女は、今回の零崎双識抹殺のための作戦が失敗に終わったことを把握している——お手洗いに行く振りをして、総角三姉妹がどう動いているのか探るつもりだったのだが、返ってきたのは彼

女達のうち、既にふたりまでもが倒れたという報告だった。残るひとりも、こうなれば危うい——否、たとえ無事だったところで、三人のうち二人までも倒されてしまえば、既に計画は破綻してしまったようなものだ。

零崎双識が動いた形跡はない。

ずっと自分がそばにいたのだ、それは確かだ。

つまり、零崎双識以外の誰かの邪魔が入ったということである。

——零崎人識だったのか。

零崎軋識に兵力を割《さ》き過ぎた、と子荻は思う。

せめて西条玉藻は本人の希望通り、人識にあてがうべきだったか——しかし。

しかし、失敗に終わった今回の計画も——得るものが一つもなかったわけではない。いや、むしろ、本来の目的だった零崎双識の抹殺よりも、よほど素晴らしい成果を挙げたとも言える——そう、今後の展開を左右するほどの。


——匂宮雑技団。

分家ではない——本家だ。

『殺し名』序列一位、匂宮雑技団を直接的に絡めることができれば……！

戦局は大きく動く！

全く違う形のものとして——盤から変わる！

とはいえ、まだこの時点では、萩原子荻の頭の中に具体的な計画が浮かんだわけではない——匂宮雑技団という駒の加入により、ほとんど無限といっていいほど膨大な数にまで拡がった選択肢を整理するのには、さしもの彼女も、少なくない時間をかけなければならないのだった。

「たとえ敵が匂宮雑技団であろうとも——私の名前は萩原子荻。正々堂々手段を選ばず真っ向から不意討って御覧にいれましょう——」

しているうちに、彼女は零崎双識の待つベンチに辿り着いた。

双識はベンチの背もたれに思い切り体重をかけ、

反り返るようにして、天の方向を見上げていた。

なんだか所在なさげである。

それほど時間をかけたつもりもないのだが。

「お待たせしました、そ――お兄ちゃん」

「ああ、いや――」

「疲れましたか？　まだ三時間も遊んでませんけれど」

「いやあ――こういうのは勝手が違うねえ」

「はい？」

「うん、やっぱり――疲れたのかな。いつまでも若いつもりだったけど、十代の無茶が今頃きいてきてるのかもね。すっかり酔ってしまったよ。これが本当の私だと思わないで欲しいな――本当の私はもっとタフな男なんだよ」

言って、双識は身を起こす。

想像を絶する過酷な戦闘、数々の修羅場《しゅらば》をくぐってきている零崎双識も、絶叫マシンには弱いのか……と、そのメンタリティの強さを考えればさほどおかしなことではないが、意外とその手の乗り物に強い萩原子荻は、ちょっとおかしく思った。

これくらいのテンションで付き合うのならば、こちらはそれほど疲れない。計画は破綻したけれど、期せずして手に入れた情報のことで機嫌がいい、今日は閉園までこの男に付き合ってあげるか……と、珍しく子荻は、そんな気持ちになった。

「何を弱気なことを言ってるんですか、お兄ちゃん。せっかくの日曜日なんですから、もっとたっぷり楽しみましょうよ。絶叫マシーン、時間の許す限り、乗れるだけ乗っちゃいましょう」

当然、この子荻の言葉には、ストーカーまがいのメールを送り続けてきた零崎双識に対する意趣返しの意味もあるだろう。双識はそんな子荻の心中に気付いているのかどうなのか、

「そうだね――楽しまなくちゃね」

と、呟いた。

「どうやら私の家族の誰かが、勝手なことをしてくれたっぽいし――」

と呟いた。

「は？」

「人識くん……じゃ、ないだろうな——となるとあの音楽家か。全く、余計な真似をしてくれる——だがまあいいや。あれはあれで貴重な存在なんだ。ああいう奴がいるから、私は安心して馬鹿でいられる」

「お兄ちゃん——何を？」

「何でもないよ」

零崎双識はうふふと笑んで、ベンチから立ち上がる。

そして、萩原子荻の手を取った。

「それじゃあ、休憩は終わりだ。心配ごとはなくなった、となると子荻ちゃんの言う通り、せっかくの日曜日。童心に返って、たっぷりと楽しむとしよう。ここからは本気ではしゃがせてもらうよ」

「ほ、本気でって……」

「さあ、遊ぶぞ！　遊ぶとはどういうことなのか、私が手取り足取り教えてあげよう子荻ちゃん！」

「あ、あは——」


どうしてなのか、急に元気になった風な零崎双識に、萩原子荻は早速、自分の先ほどの言動を悔やんだが——残念ながら時は既に遅かった。

彼女はこの日、違う世界に目覚める。

それは存外、悪くない世界だったという。


澄百合学園総代表、策師・萩原子荻は、この後、匂宮出夢という功罪の仔を生み出した第十三期イクスパーラメントの成功例、匂宮雑技団の創造した究極の芸術作品と言うべき『断片集《フラグメント》』を舞台に上げることに成功するが、その未来と引き換えに、零崎双識殺しの刺客として放った総角三姉妹を始末したのは零崎人識だと、思い違いをすることになった。また、その総角三姉妹の生き残り二人、総角ぱれすと総角ろうどは、最悪のタッグの手にかかり、一時間後には口のない状態になっている。ゆえに結局、『少女趣味《ボルトキープ》』零崎曲識の存在が、ここで萩原子荻に割れることはなかった。

萩原子荻が零崎一賊に対して仕掛けた小さな戦争は、最終的にはここから更に三年後まで絶え間なく続くことになるが——零崎曲識が曲がりなりにもその戦争に関与したのは、結局、この一度きりである。

（第一楽章——了）

零崎曲識の人間人間

2 ロイヤルロイヤリティーホテルの音階

◆　◆

「まったく、一体今何がどうなってこんなことになったんだろうね——お願いだから誰か教えてくれよ。わけがわからないにもほどがある——」

そんな風に独りごちながら、激しい雨の降る中、険しい山の中を駆けるひとりの男の姿があった。

二十歳そこそこの若者である。

背は高く、細い体格で、目立って手足が長い——そのシルエットはまるで針金細工のようだった。ラフで動き易そうな格好をしてはいるものの、この豪雨の中ではそのファッションもあまり意味がなさそうだ。

否、たとえ雨が降っていなかったところで。

返り血にべっとり染まったその服では——動きやすいわけもないだろうが。

「——俺はこんな風に走り回るために殺人鬼になったんじゃないってのに……まあ別に他の何かのために殺人鬼になったわけでも、なりたくてなったわけでもないけどさ！」

男の名は零崎双識《ぜろざきそうしき》。

のちにマインドレンデルと呼ばれ、怖れられることになる、零崎一賊の長兄《ちょうけい》だが——この頃の彼はまだ、自分のことを『私』と言うほど大人びていないし、マインドレンデルと、畏敬の念を込めてそう称される理由にあたる、大鋏《おおばさみ》を手に構えてはいない。

手ぶらである。

手ぶらで双識は、逃げているのだ。

逃げながら——戦っている。

しかし何と？

何から逃げ、何と戦う？

それは、双識自身にもまったくわかっていなかった。

つい先ほど二十人くらいの集団と殺し合ったのだが、彼らがどうして双識を襲ってきたのかはまるで見当もつかない——そしてそれよりも重要なことに、襲ってきた二十人ほどの集団のほうにしてみても、どうして自分達が双識と殺し合わなくてはならないのか、まるでわかっていないようだった。

――なぜ。

――どうして、俺たちは。

――何のためにこんなことをしているのだろう――殺し合いの最中、互いが互いに、そんな風に思いながら――殺意と殺意をぶつけあっていたのだ。

それは異常な状況と言えた。

双識はそれでも、何とかその二十人は撃破した、けれどそれで終わりではない――どころかそれは、始まりの終わりでさえなかった。

ただの普通の出来事だった。

当たり前のことだった。

当然の日常だった。

ここのところ、ずっと――毎日毎日間断なく、ずっとこんなことが続いていた。殺し合いそのものよりも、それが継続し続けているという現実に、さすがの双識も疲労し、また消耗していた。

ここから五年後、または十年後の――マインドレンデルと呼ばれている頃の、飄々《ひょうひょう》とした零崎双識ならば違ったろう。だがこの頃の彼はやはりまだ若造で、そういった落ち着きとはまだ縁がなかった。

飄々どころか、
苛々が、限界に達そうとしていた。

「はあ……っ、はあ……っ、はあ……っ」

走り続けている理由は、一応は明確だった――同じところにとどまり続けるよりも、そちらのほうがいくらか安心だからだ。

けれど今の自分に追っ手はいるのだろうか？

いてもいなくとも同じような気がする。

「ああ、もう――零崎が始まっているんだかいないんだか――ふっ！」

そのとき、雨の向こう側に人の気配を感じ――双識は脚を止めた。手持ちの武器はない――感じた気配が敵のものだとしたら、素手で戦うしかない。にわかに双識の精神は緊張したが——しかし、その緊張はすぐに緩和した。

敵ではなかった。

姿を現したのは、同じ零崎一賊のひとり——双識よりも年上の殺人鬼、零崎軋識《きししき》だった。双識ほどではないものの、やはり背は高く、そして双識よりも筋肉質である。びりびりに破れたTシャツに、同じく引き裂かれたかのようなジーンズという格好で——手には釘バットをぶら提げていた。

零崎軋識。

まだその理由がないゆえに、言葉遣いに関する変なキャラ作りこそ行なってはいないものの、彼の場合は双識とは違い、この頃には既に愛用の釘バット『愚神礼賛《シームレスバイアス》』にちなんで、そのままシームレスバイアスと呼ばれている——

「——なんだ。軋識くんか」

ふう、と双識はため息をつく。

「今までどれだけ会おうとしても会えなかったのに、こんな状況でたまたま出会ってしまうとは、なんだか皮肉なものだね——」

しかしそれは安堵のため息というよりは、むしろ無駄に緊張してしまった分を取り戻そうとしているかのような、気の抜けたため息だった。

雨の中、偶然再会した家族からそんな反応をされた軋識のほうもまた、だけど同じような反応で——それは如実に、ふたりがふたりとも、精神的に限界に近いところにまで追い詰められていることを示していた。

「……双識」

軋識は言う。

抑揚のない、まるで疲れきった口調である。

この豪雨の中であるがゆえに大きな声で喋らなければならないことさえも、しんどくてたまらないというような印象だった。

「あれから何人——いや何回戦った？」

「わからんよ」

軋識からの質問に、双識は首を振る。

そんなことは考えたくもなかった。

「こんなにわからないのは初めてだ——一体今、俺達は何に巻き込まれているんだ？　それとも実は何も起こっていないのか？　俺達が勝手に勘違いをして、混乱しているだけなのか——」

「少なくとも、混乱しているのは俺達だけじゃないさ——」

軋識は背後を振り返るような仕草を見せてから、そんなことを言った。

「——少なくとも『殺し名』七名、『呪《まじな》い名』六名、総じて混乱状態に陥っている。闇口衆《やみぐちしゅう》の連中なんてひどいもんだぜ——久し振りに地獄を見てきた」

「地獄？　それもいいな」

双識は自嘲のように笑う。

「やれやれ、恥ずかしいよ——これがもしも地獄だとするのなら『二十人目の地獄』なんて二つ名は俺には大仰過ぎる。せいぜい、『二十人目の罰ゲーム』だ」

「笑っていいのかどうなのか、微妙なギャグだな、そりゃ——」

言いながら——しかし、軋識は微笑んだ。

けれどそれもやはり、自嘲の笑みだった。

「地獄と言えば、面白い話を聞いたぜ——双識。四《し》神一鏡《しんいっきょう》のとこの赤神《あかがみ》家。知ってるよな？」

双識は頷《うなず》く。

四神一鏡——この国における五大財閥の通称である。赤神家、謂神《いいがみ》家、氏神《うじがみ》家、絵鏡《えかがみ》家、檻神《おりがみ》家。双識は氏神家に知り合いがいるので、その世界のことには多少通じている。

いずれ、この世界には縁のない話だが……。

「そうでもないぜ？」

軋識は釘バットを肩に担いで、言う。

「その赤神家が——たったひとりの少女によって滅茶苦茶にかき回されたって話なんだよ」

「たった——ひとり？」

「どっかで聞いた話だよな——こりゃ」

「…………」

確かに軋識の言う通りだった。

そう、ここ数ヵ月の間の話である。

『殺し名』七名がひとつ——『殺し名』序列一位、殺戮奇術集団 匂宮《におうのみや》雑技団《ざつぎだん》の分家が三つほど、たったひとりの少女に壊滅させられたという話——

双識と軋識は、そんな話を共通の知識として保有していた。

しかし——ならば。

「冗談じゃないぜ——軋識くん。財力の世界と暴力の世界を股にかけている奴がいるということになるのか？」

「それどころか、噂じゃ権力の世界にも噛んでるかもしれないらしいぞ——それは人伝《ひとづて》に聞いた話なんで、信憑性は低いけれどな」

「『たったひとりの少女』ねえ——うふふ。俺の生き別れの妹だったりしないかなあ——」

「お前に生き別れの妹がいるという話を初めて聞いたよ、このロリコン野郎」

「おいおい、俺にあるのはあくまでも家族愛であって少女愛じゃないよ。そんなこと言って、案外軋識くんみたいなタイプが、一番ロリコン道に走りやすいんだぜ？」

「きひひ——んなわけねーっつうの。俺は女が嫌いで、子供が嫌いなんだ。そのダブルである少女を好きになる理由なんかひとつもない。可愛い女の子を見るたびに俺は吐き気を覚えている。俺は生涯！　少女を愛することなんかないと誓うね」

「相変わらず、なんだか前振りっぽい台詞《せりふ》だねえ」

とりあえず。

冗談が言い合えるくらいまで、お互いの精神は回復したらしかった——自分は、やはりひとりでは駄目なんだ、と痛感する。

家族がいなければ。

零崎双識はたったひとりの殺人鬼に過ぎない——

「…………っ！」

「…………!?」

ふたりが今度は自嘲ではない失笑を漏らしたとき、山のふもとの方向から物音が聞こえた——今度は間違いなく追っ手らしい。

双識が連れてきてしまった追っ手だ。

恐らくは同じように『何か』、『誰か』から逃げてきて、そして逃げ切れたはずの軋識にとばっちりを食わせる形になってしまったが——もちろん軋識がそれについて文句を言うわけもない。

ただ普通に、釘バットを構えるだけである。

「双識よ——お前もなんか、ひとつこれって得物《えもの》を持てよ。そうすればもっと強くなれるぜ。俺なんかよりもずっと、伝説になれる」

「うふふ——でも、いまいちしっくり来るものがないんだよね。でもまあ、今回のことが終わったらちょっと探してみるのもいいかもね」

「終わったら、ね。何がどうなれば終わりってことになるんだか——ところで双識、例の天才音楽家は今頃どうしてるんだろうな？」

「さあ。ここんとこ会えてないけど……まああいつのことなら心配いらないだろう、あいつは俺達なんかよりよっぽどしっかりしてるんだから」

「だな」

そしてふたりは、音のした方向へと歩み出す。

逃げることは諦めた。

これより迎撃に移る。

「そう言えば、軋識くん。これだけは教えて欲しいんだけど、俺達は一体何をやってるんだっけ？」

「決まってるだろ。俺達は戦争をしてるんだよ」

◆　◆

大戦争。

一年間に亘《わた》る一連の出来事は、のちの世ではそう語られることになる――いや、正確に言えば、語られること自体がほとんどなかった。当事者関係者の大部分は出来事のさなかに落命していたし、またかろうじて生き残った者達も、その一年間のことについては堅く口を閉ざしたからだ。

それに――口を閉ざすまでもなく。

この件に関して何が起きていたのか、確実なところを把握していた者はほんの数人に過ぎなかったのである。ふたりか、三人――せいぜいいたところで四人のことだっただろう。

四神一鏡、合わせて五家の統《す》べる財力の世界。

玖渚《くなぎさ》機関、合わせて八家が君臨する権力の世界。

『殺し名』『呪い名』、合わせて十三家の犇《ひし》めく暴力の世界。

世界が三つ分も巻き込まれ、とばっちりを喰らい、組織の内側をぐちゃぐちゃにかき回されたというのに――全容を知る人間はその程度しかいないのだ。

この大戦争をかろうじて生き残った若き日の零崎双識や零崎軋識でさえ、一連の出来事に幕が降りてしばらくしたのちに、この大戦争はたったふたりの人間が引き起こしたただの親子喧嘩であったことを知った程度のことである。

親子喧嘩。

狐と鷹との親子喧嘩――ただし。

彼らが言うところの天才音楽家――この状況下においてさえふたりから心配されることのない、のちに『少女趣味《ボルトキープ》』と呼ばれることになる音使い、当時十五歳だった零崎曲識《まがしき》は――実のところ、双識と軋識が山中において偶然の再会を果たしたのとほぼ時を同じくして、すべてのことの真相に肉薄するほどの深部にまで這入《はい》り込んでいた。

これは、本来永遠に語られるべきではない、このままなかったことにすべき、そんな大戦争のほんの一場面を切り取った記録だ――零崎一賊における異端のひとりである零崎曲識のアイデンティティは、その一場面がゆえに形成されたのだった。

◆　◆

「…………」

髪を短めのポニーテールにした、燕尾服の少年が地下駐車場の中を歩んでいる――いやその足取りは、歩んでいると表現できるほどに自律されたものではない。今にも前のめりに倒れ伏せそうなほどに頼りなかった。ただ風に吹かれるがままに動いているかのような、少年の移動はそんな移動だった。

少年――零崎曲識は口笛を吹いている。

五体こそ満足ではあったが、よく見れば燕尾服のあちこちはほつれていて、彼がたった今何らかの修羅場を潜り抜けてきたのだろうことを予想させた――しかしその予想は正確には違っていて、実際のところ、彼は未だ、その修羅場を脱してはいないのだ。

けれど口笛を吹き続ける。

それは決して余裕の表れではない。

伊達《だて》を気取って虚勢を張っているのでもない。

その口笛の音によって――少年は自身の存在を隠しているのだ。

音同士をぶつけあって。

足音はもちろんのこと、心音と呼吸音、その他、自分の生命活動において生じるあらゆる音を――まったくのところ、消し去っている。

「……悪く、ない」

そう呟《つぶや》く声も――地下駐車場の中には響かない。

音使い、零崎曲識。

彼は十五歳にして、己の武器として、完全に音を使いこなしていた――音を支配していた。けれど、それでも、普段の彼ならば、こんな風に音を使うときには管楽器にしろ打楽器にしろ、何某《なにがし》かの楽器を利用するものであり、口笛で音を使うようなことは滅多にしないのだが――

「全く――悪くない」

繰り返してそうは言うものの、しかし残念ながらその言葉のほうは虚勢だと指摘されても仕方がないだろう。

事実、彼は敗走の最中だった。

自由意志でこの地下駐車場にいるのではなく——狩られる草食動物のように、穴蔵に追い詰められただけのことである。

地下駐車場には一台もクルマは停まっておらず、その代わりのように、人間の死体がごろごろと転がっていた——さながら死体置き場のように。だけど死体置き場のようにと表現することは間違っているかもしれない、と曲識は思う。ここは単なる戦場の一風景であって、ならば死体は置かれているのではなく、ただただ放置されているだけなのだから。

殺人鬼集団、零崎一賊のひとりである彼でも、それを思えばぞっとする——まさか、上に超を更に三つくらい重ねてつけたいほどの超弩級の巨大さを有する高級リゾートホテルの地下が、このような惨状を呈しているだなんて。

高級リゾートホテル、ロイヤルロイヤリティーホテル。

その広大な敷地の下に広がる、地下駐車場。

たぶんここに転がっている死体は——曲識と同じく、敗走者だったのだろう。負けて、逃げてきた者の——なれの果てである。

遠からず自分もここでそうした姿を晒《さら》すことになるだろうという、予感というにはあまりにも確固たる推測がある以上、換気設備ではまかないきれない腐臭さえ、厭《いと》おうとは思えなかった。

厭えるものではない。

むしろ愛おしいくらいだった。

自分がこれからそうなるのだと思えば——

「……軋識さんは死ぬ方法がわからずに苦しんでいるらしいが——僕は生きる方法がわからなかった。だからいつ死んでもいいと思っていた——それなら、ここで死ぬのも、悪くない」

虚勢の言葉——である。

けれどもまた、それは虚心の言葉でもあった。

大体、虚心と虚勢にどれほどの違いがあるだろう。

「ただ——同じ死ぬにしても、家族に迷惑はかけられない……できる限り、犬死しないと——」

彼は持ち込んだ楽器をすべて失っている。

手の内に残っているのはただひとつ——楽器でも何でもない、無粋な手榴弾である。小型の、手の内に収まるような大きさの——しかし威力は折り紙つきの、手榴弾。ほんの一週間前に、現時点における零崎一賊最強の男——ペリルポイントと呼称される爆熱の殺人鬼から手渡された一品だ。

使うことはないと思っていた。

このような武器は曲識の趣味ではないからだ。

しかし——状況がこうなってしまえば、使いどころはここしかないのかもしれない——家族からもらった武器で自害するのも、

「悪くない」

——のだろう。


「…………」

ほとんど誰もが混乱と狂乱のどん底に突き落とされたこの大戦争の最中において、零崎曲識は冷静さを保っていられた数少ない人間だった。それはいついかなる状況下においても動じることがないという彼の長所の表れでもあったが、また感受性にとぼしく感情を起伏させることができない、自身の生命についてまるで危機感を持つことができないという彼の短所の表れでもあった。

しかし今回ばかりはそれが功を奏し——その怜悧冷徹さがゆえに、彼はこの大戦争の中心部付近にまで辿《たど》り着くことができたのである。

そう。

それがこのロイヤルロイヤリティーホテルなのだ。

その最上階に——この戦争の首謀者がいる。

今世界で起こっている、誰もが例外なく陥れられている、馬鹿馬鹿しいほど荒唐無稽な、わけのわからない戦いを引き起こした個人が——そこにいる。

誰に話しても信用しないだろう。

こんな大規模でダイナミックな社会現象——裏社会現象が、たったひとりの個人の手により起こっているなどと——しかし曲識は、そもそもこのことを誰かに話すつもりはなかった。

信用されないから——ではない。

双識や軋識を始めとする一賊の人間ならば、順序立てて説明すれば、信じてくれないまでも、協力はしてくれるだろう——だが、順序立てて説明するだけの時間が既《すで》にないのだった。

連絡を取ろうにも、一賊の殺人鬼は全員、例外なく何らかのトラブルに見舞われているはず——このあたりは『殺し名』七名の中でも断トツに人数の少ない、少数派のつらいところだった。

それでも、ない時間を無理矢理に捻出すると言う手もあっただろう——けれど曲識はその手を選ばず、ならばひとりでやるしかないと決断するに至った。曲識が見込むところのその首謀者がいつまでもホテルにとどまっているとは限らなかったし——それに、自信があった。

それは若さゆえの無謀でもあったが、確実な自信でもあった——そもそも自分の戦闘能力は、大勢で戦うときよりもひとりで戦うときのほうが、より発揮できる類のものだという考えもある。極端なケースを言えば、味方を巻き添えにしてしまうことさえあるような——曲識の才能はそういう類のものなのだ。

だから曲識は、たとえ相手が、宿泊している人間、従業員、そのホテルの中にいる全員だったとしても——三百人を越える精鋭が相手だったとしても、ひとりでこの戦争にけりをつけられるつもりでいた。

結果、零崎曲識は敗走している。

思い上がりだった。

確実な自信は確実な思い上がりだった。

恐らくはこの地下駐車場で果てている者共と同じく——完全に思い上がっていた。

いや、途中まではうまくいったのだ。

曲識の使う『音』は相手が多ければ多いほど、逆に効果を増す——それは同士討ちを狙い仲間割れを誘える技術だからだ。

音使い。

零崎曲識は、何であれ音を発することにより、人体操作と人心操作を行なえる——他人の身体を自分の身体のように動かすことができるし、他人の心を自分の心のように動かすことができる。もちろんそれなりの制限があって、いくつかクリアしなければいけない条件もあり、完全に自由自在とまではいかないけれど——少なくとも準備万端で乗り込んだ。

だから途中まではうまくいった。

敵に敵を倒してもらい、敵に自分を守ってもらい、自殺させ他殺させ——曲識は『演奏』を続けるままにエレベーターに乗り込んだ。

そして最上階。

そこまではあっさりと辿り着いた——だけれど、そこまでだった。

最後の砦を、曲識は崩せなかった。

最上階の廊下を守っていた最後の砦——ひとりの、メイドに完膚《かんぷ》なきまでに撃退され——最上階どころか最下層、地下駐車場まで追い込まれてしまったのだった。

「メイド……なぜメイドなんだ」

疑問というより、理不尽を詰《なじ》るような口調で曲識はぼやく。

しかしあれはメイドだった。どこをどう思い出してもメイドだった。エプロンドレスから何から、一分の隙もなく完璧なるメイドだった——

「お還《かえ》りなさいませ、ご主人様」

そう言って。

そのメイドは曲識を出迎えた。

即座に曲識は『音』で対抗した——彼女を抜ければ、その向こうの扉に『首謀者』がいるだろうことは想像に難くなかった——本当にあと少しのところまで、曲識は辿り着いていたのだ。

もちろん油断はなかった。

相手がいくらこの場に相応《ふさわ》しくないメイド服を着ていたからと言って、それで相手を軽く見るほど曲識は場数を踏んでいないわけではない――それなりの使い手だとは予想した。

だから容赦なく『音』を発したのだ。

一直線の廊下で、一直線の音を放った。

逃げるすべはなかったはずだ。

しかし――それが通じなかった。

まるで。

しかし戸惑う暇さえ曲識に与えず、そのメイドは――

「逝《い》ってらっしゃいませ、ご主人様」

と。

手のひらから銃弾を撃ち出した。

一直線の廊下だ、逃げ場がないのはこちらも同じこと――曲識はたまらず楽器で防御した。当然、楽器はそれで駄目になる――そのままの流れで、用意してきた楽器はすべて、あっという間に破壊されてしまった。

していると。

がちゃん、と彼女の手首が取り外され――その手首の内側から鋭く太い抜き身の剣が飛び出した。

よく見れば。

メイドが履いている靴には車輪がついていた――いや、履いているのではない、その車輪つきの靴は、明らかに彼女の足首と一体化している――

どるどるどるどる、と。

彼女の内側より――エンジン音が響いた。

「サイボーグ……いや」

曲識はそこに至って、ようやく気付いた。

遅過ぎたが――

「アンドロイド――か」

あまりに精巧に作られており、外装は人間と区別がつかなかったが――しかしその内側は、覗いて確かめるまでもない。

それもただのアンドロイドではなかった。

銃弾と刀剣を身体の中に詰め込まれた——武装アンドロイド。

機械。

ロボット。

ならば——人体操作も人心操作も通じるわけがなかった。

相手は人ではないのだから。

こうなれば——こうなってしまえば、曲識はまるで無力だった。

「申し遅れました、ご主人様——わたくしメイドロボの、由比《ゆい》ヶ《が》浜《はま》ぷに子と申します」

「ぷ、ぷに子——」

「以後、お見知りおきを」

その後の展開を——曲識はよく憶えていない。

ただ、逃げ回っただけである。

そして——この地下駐車場なのだ。

ここで死体と化している彼らも、同じようにあのアンドロイド——メイドロボのぷに子とやらにやられたのだろうか。あるいはそれ以前に力尽きたのだろうか——そこまではわからないが、けれど確実に言えることは、曲識は彼女から逃げ切ったわけではないということだ。きっと今も追い続けられているだろう——そして遠からず追いつかれることだろう。

そうなればもうおしまいだ。

対抗するすべは何もない。

この地下駐車場の住人となるだけである。

だからその前に——

「…………」

ようやく脚を停め。

曲識は手の内の手榴弾を見つめる。

ペリルポイントから渡された、一塊の火薬——

「あんなロボットに殺されるくらいなら——自分で死んだほうがマシだ。僕が殺されたとなると、一賊の他の連中が敵討ちに乗り出すだろう——だがそれは危険過ぎる。普段ならばともかく、今はみんなそ

れどころではないはずだ——今は大局的に動くべきときなんだ」

自分に言い聞かせるように、曲識は静かに呟く——そして駐車場に配置された監視カメラの位置を確かめた。もしもあのメイドロボが防犯装置としてこのロイヤルロイヤリティーホテルに設置されていたとするのなら——当然、この手の監視システムと、その機能は連動しているはずである。

自害——自爆するなら、カメラの死角を選びたい。ピンを抜けばそれで終わってしまうのだから、カメラを意識する必要はまったくないのだけれど、それは曲識の、かすかな意地、せめてものプライドのようなものだった。

楽器はすべて破壊された。

唯一残されたのはこの手榴弾。

しかし、この手榴弾も、あのロボットには通用しないだろう——楽器という武器を失ったあとも、曲識はた[illegible]られていたわけではないのだ。ぷに子の身体に何度か攻撃を食らわしはした——何の意味もなかったが。

鉄板装甲、である。

それも、刃物であろうと銃弾であろうと爆薬であろうと——まるで通じそうもない、そんな絶望的な合成鉄板だった。

だからこの手榴弾はぷに子にはきかない。

けれど——零崎曲識には効果絶大だろう。

おそらく、痛みを感じる暇もないはずだ。

そうは言わなかったけれど、きっとペリルポイントは——そのために、この手榴弾を曲識に手渡したのだろう。

「悪くない——」

すぐに曲識は、監視カメラの死角を発見した——駐車場内に響く『風の音』を聞けば、この手の吹き溜まりのような場所はすぐに見つかる。同じことを考えた奴がいたのか、そこにもひとつ、死体が転がっているようだったが、この際贅沢は言っていられない。

曲識はそこで腰を降ろす。

「…………………」

――うん。

と、思う。

これから死のうというのに――心がまるで乱れない自分を把握する。心臓の鼓動もまるで乱れていなかった。

メトロノームのように正確な音を刻んでいる。

我ながら、気持ち悪い。

やはりこんな自分は死んでいるほうが正しい姿なのだろう。

生きていることが不自然なのだ。

殺人鬼。

人を殺さずにはいられない自分――ならばまず自分自身を殺すべきだろう。そうすれば世界は平和なのだ――まあ、こんな考えを一賊の他の連中に薦める気はないけれど。

結局、僕は孤独なままだった。

何か変わった気はしていたけれど。

一賊に入り、零崎となる前も、なった後も、まるで変わらずに――

「ひとりで生きて、ひとりで死ぬ」

それだけのことだ、と曲識は呟く。

「それだけのことだ。悪くない」

そして――零崎曲識はごくごく自然な動作で、指先の乱れひとつなく、手榴弾のピンを引き抜こうとした――

「…………………！」

がしり、と。

しかしその震えのない手を――横合いからつかむもうひとつの手があった。

驚いて見れば――それは、脇に転がっていた死体の左手だった。いや違う、死体が動くわけがない――ならばまだ死んでいなかったのか？

いや、それも違う。

曲識は確認している——彼女の身体から、心音も呼吸音も聞こえていなかったことを確認している。それを怠ったために、ぷに子が人間ではないアンドロイドであるということに気付けなかったのだ、同じ失敗を二度はしない。逃げている間中、ずっと気を張っていた——だから彼女が生きていたというのなら、それがわからないはずがない。

たった今まで。

間違いなく彼女は死んでいたはずなのだ——

「あー……。うっかり二十四時間ほど死んじまってた」

えらく不機嫌そうな、寝起きのような声で——彼女は言う。

強く——曲識の手を握り締めたまま。

大人びた顔立ちをしているが、よく見れば曲識と同じ年くらいである——しかしそうは思えないほどの強い力で、彼女は曲識の手をつかんでいるのだ。

赤い髪の——少女だった。

「…………。つーか、お前誰よ？」

乱暴な口調で、いきなり曲識にそう問いかけてくる。

感情の起伏の少ない彼ではあったが——このときばかりは本当に驚いていた。ある意味、それは、ぷに子がアンドロイドだとわかったときよりも大きな驚きだったかもしれない——だからこそ、

「僕は——零崎曲識だ」

と、問われるがままに名乗ってしまったのだ。

「お——お前こそ誰だ？」

「あー？　あたしか？　お前、あたしの名前を聞いたのか——ならば、かっこよく名乗りたいところなんだけど」

ゆっくりと——彼女は身体を起こす。

握った手は、未だに離さない。

「名前はまだない」

不機嫌そうな口調のままで。

赤毛の少女は——そう言った。

それはのちに人類最強の請負人《うけおいにん》と呼ばれることになる究極絶無の存在——ではあったのだが。

名前はまだなく。
そして、最強でさえなかった。

◆　　◆

上に超を更に三つくらい重ねてつけたいほどの超弩級の巨大さを有する高級リゾートホテル――ロイヤルロイヤリティーホテル。その最上階の一室の中には、ふたりの男がいた。ふたりとも似たような格好をしているが――しかしそのふたりが周囲に発するイメージは対極だった。

テーブルの上に置かれていたワインボトルを取り上げて、不意に男の一方が立ち上がり、窓際へと移動する――カーテンをさっと引いて、その向こうに広がる夜景に目をやった。

「まるで地上に星を振りまいたかのようだよね――果たしてこの景色の中、今夜はいくつの命が消えていくんだろう。そう考えると、この風景が精霊流しのようにも見えてくるよ。西東《さいとう》ちゃんはそう思わない？」

振り返り、もうひとりの男を窺う。

西東と呼ばれたその男は、

「『精霊流しのようにも見えてくるよ』。ふん」

と、冷たく、相手の台詞を繰り返した。

「お前が言うとそれほど虚しく響く言葉もないな、明楽《あきら》――そもそも、散る命の半分はお前の責任だろう」

「あはは。それを言うなら残りの半分は、西東ちゃんの責任じゃない――そもそも僕らは一蓮托生《いちれんたくしょう》だよ。責任を分割なんかできるわけがない。ローンじゃないんだからさ」

まあ格好つけてみたかっただけだよ、と言って。

カーテンを閉じ直して、そこで男、明楽と呼ばれたその男はワインボトルを傾け、いかにも高級そうなその中身を豪快にラッパ呑みする。明らかに間違ったアルコールの楽しみ方だが、彼はそういうことにこだわりは持っていないようだった。

対する西東のほうは、作法正しくアルコールを嗜んでいるようだったが、しかしそれもまた、この高級リゾートホテルとつりあっているのは値段くらいだというような、生粋《きっすい》の日本酒だった。

どうにもちぐはぐなふたりである。

世界とかみあっていないかのような。

世界といがみあっているかのような。

だが、この男達――架城《かじょう》明楽と西東天《たかし》こそが、今、この国を、世界を容赦なきスクリューのように徹底的にかき回す――ふたつの巨悪なのである。

邪悪と最悪。

そんなふたり――此度の戦争の首謀者西東天と、その相棒架城明楽。

「しかし、遅いよね――ぷに子ちゃん。なかなか戻ってこないじゃない。あのポニーテールの少年ちゃんに、そんなに苦戦してるのかな？　カメラの映像を見た限りじゃ、確かに強敵みたいだったけど――あれが零崎一賊か。ふふふ、ちょっとお話ししてみたいよね――けど、僕達のぷに子ちゃんが苦戦するほどの使い手には見えなかったけどね。西東ちゃんはどう思う？」

「俺に聞いてわかるわけがないだろう」

明楽の質問に、西東はあくまでも冷たい。

不愉快そうでさえある。

「お前は俺が何か知っているとでも思っているのか?」

「いやいや、そうじゃないけど。でもそんな威張るようなことじゃないよねえ」

「ふん。しかし、そんな俺でも確実に言えることがある——ぷに子は俺達三人の最高傑作だ。あれはあれで、本来の目的から見れば失敗だが——ボディガードとしては絶対の信用がおける」

「西東ちゃんは人間を信じないからね」

言って、明楽は楽しそうに笑う。それほど深く酔っているわけではなさそうだが——とにかく陽気だった。

「機械は人間を裏切らない、かい?」

「裏切られようが裏切られまいが、そんなのはどちらでも同じことだ」

西東は言う。

「何の違いもない、まったくの等価だ——まったくもって同じでしかない。そんなことでいちいちおたおたするほうが間違っている」

「それは純哉《じゅんや》ちゃんのことを言っているのかな? それともあれかな、僕達の可愛いベイビーちゃんのことを言っているのかな?」

口調自体は変わらず、あくまでも陽気にではあったが——しかしやけに意地悪な表情になって、明楽は言った。

しかし西東は動じない。

こちらは表情さえ、まるで変わらなかった。

「それはどちらでも、同じことだ」

そう言って——盃を傾ける。

「ふん。まあ、そちらの問題はすぐに片付くだろう——俺の娘の方は、既にけりがついた。あとは純哉だけだ。どこに隠れているのか知らんが——奴もそろそろ出てこざるをえんだろう」

「まあ、僕達の可愛いベイビーちゃんが死んじゃったことは、もう伝わってるだろうしね——純哉ちゃんも黙っちゃないいか。となると、久し振りに仲良し三人組が勢ぞろいってことになるね」

「余計なことは企むなよ」

「やだなあ、何を警戒してんのさ——僕が大好きな純哉ちゃんにちょっかいかけるわけないじゃない。普通に、仲直りしようってだけさ」

けれどさ、と明楽は言う。

「僕達の可愛いベイビーちゃんのことについては、何らかの言い訳が必要になっちゃうだろうね。エクスキューズなしじゃ、純哉ちゃんは僕と西東ちゃんを許してはくれないと思うよ」

「あいつは俺とお前を許さんよ。たとえ殺されてもな」

平然と、そんなことを言う西東。

やはり表情は変わらない。

「俺達はそれだけのことをした」

「してもしなくても、同じって奴じゃない？」

茶化すように西東の口調を真似て、明楽はそう言った。

「どうせいずれ、純哉ちゃんとは決裂していたよ——純哉ちゃんは僕達と違って、純情過ぎたからね。育ちがよかったのかな。そうは思えないけれど。いや、そうじゃないから、余計にそういう純情さを求めていたのかもしれないね」

「知ったような口をきくな。要するに、あいつは俺達の理解を超えていた。純哉を理解できない俺達のほうがしょぼいってことだ」

「自虐的過ぎないかい？　僕は単純に、純哉ちゃんが僕達についてこられなくなっただけだと思うけどねえ」

「一蓮托生、だ」

西東は言う。

「俺達三人は誰がリーダーというわけではない、ただの共犯者だ。共謀さえもしていない。誰かが率いていたわけでもなければ誰かがついてきていたわけでもない。あるいはこういう言い方もできるな——

俺達はたまたま同じ道を歩いていただけだ、と。ならばここに来て、同じようにたまたま、分かれ道に入っただけだ——」

「ま、出会いもあれば別れもある。それが人生ってもんでしょ」

「あいつの話はもう終わりだ。どうせ遠からず再会することになるのだから、そのときにでも考えればいい」

「相変わらずの行き当たりばったり戦略、素敵だね。いいよ、西東ちゃん——じゃあとりあえず当面のことを考えよう。僕達の可愛いベイビーちゃんと、それにさっきのポニーテールの少年ちゃんのおかげで、このホテルに集めていた兵隊達が二部隊とも、全滅しちゃったからね。僕達の可愛いベイビーちゃんのほうはともかくとして、ポニーテールの少年ちゃんのほうはまずいよね——『殺し名』の中の一名に情報が漏れてるとなると、このホテルも潮時だね」

高かったんだけどなあ、と呟く明楽。

どうやらアジトとして、彼はこのホテルを買い上げていたらしい。

「ぷに子ちゃんがいるからすぐに移動しないと危ないってわけでもないけれど、危険は危険でしょ。今の僕らはほとんど無防備と言っていいよ」

「知るか。どうして俺がそんなことを考えなくちゃならないんだ」

西東はぶっきらぼうに言う。

「俺が死んだら困るのはお前のほうだろう。ならば勝手に俺を守る算段でも立てろ」

「ずぼらだなあ、西東ちゃんは。それとも投げやりなのかい？　普段もそうだけど、今日は輪をかけて酷《ひど》いなあ。ぷに子ちゃんが僕達の可愛いベイビーちゃんを殺しちゃってからずっとそうだよね——ひょっとして、らしくもなく落ち込んでたりしちゃってる？」

「違うな。ただ少し、残念なだけだ。俺の娘があの程度だとは思わなかった」

「あの程度？　やだなあ西東ちゃん、今さっき、ぷに子ちゃんは僕達の最高傑作だって言ったところじゃない。ボディガードとしては絶対の信用がおける、ってさ。だったらその結果は順当ってところじゃないの？」

「最高傑作に最大失敗作が勝ってこそ、痛快というものだろう――俺はそう思うがな。しかし淡い妄想だった――俺の娘にそこまで期待したのがいけなかった。そういう意味では、確かに明楽、お前の言う通り、俺らしくもなかったかな。俺の娘もとんだ口だけ女だったというわけだ」

「僕達の可愛いベイビーちゃんのことを都市伝説みたいに言わないでよ。どうでもいいけど、西東ちゃんは絶対に、あの子のことを『俺達の娘』じゃなくて『俺の娘』と言うよね。何か意味とかあるのかな？　いや本当にどうでもいいんだけど。まあ、あの子が最大失敗作だとまでは、僕はまるで思わないけれどね――」

「失敗作さ。しかしだからといって、最大というのは少し言い過ぎだったかもしれんな――俺のプランを潰すことさえできないというのなら」

「潰されたかったの？　マゾだねえ」

明楽は至極《しごく》愉快そうに笑う。

「まあ、そうだね。死んじゃったんだもんね」

「『死んじゃったんだもんね』。ふん。ここで生き返ってでも俺を殺しにくるくらいのガッツを見せてくれるのなら、ちょっとは評価し直してやってもいいんだがな」

「あははは」

明楽は更に大声で笑った。

「そりゃいくらなんでも無理ってもんだよ。よっぽどのことがない限りね」

その頃地下駐車場では。

よっぽどのことが起こっていたのである。

◆　◆

機械メイド、由比ヶ浜ぷに子。

あらゆる意味で常軌を逸した天才研究者三人組によって生み出された、実在の人物・事実・団体には何らかかわりのない架空の生命体である。

元々は『死なない研究』の一環として、機械生命の可能性について追究する際、副産物的に創造された人形であり、またその可能性自体は目的を果たすことなく潰えた以上、ぷに子もまた本来の用途にはもちいることのできない失敗作以外の何物でもないのだが——だが目的外の副産物であるがゆえに、その強度は計算外の規格を誇っていると言えた。

さすがに年齢的に、この大戦争には一切参加することがなかった殺戮奇術集団匂宮雑技団の匂宮出夢《いずむ》や、殺人鬼集団零崎一賊の零崎人識《ひとしき》の例をあげるまでもなく——失敗が成功を凌駕《りょうが》し、無理が道理を引っ込めることは、この世界にはままあることなのである。

そういう意味で言えば、元々由比ヶ浜ぷに子は『殺し名』七名を基準に製作されたロボットでもあった——『殺し名』の恐ろしさを身をもって体験したことのある人間の意見を参考に、彼女は製作されたのだ。

あくまでも参考は参考だったが。

しかしその成果は絶大だったと言わざるを得ない。あと一歩のところにまで迫った両名、のちの人類最強の請負人とのちのボルトキープを、いともあっさりと撃退してしまったのだから。

だがしかし——

「お迎えにあがりました、ご主人様」

地下駐車場の奥。

監視カメラの死角となる場所で身を潜めていたふたりを——由比ヶ浜ぷに子は見つけ出した。曲識の予想した通り、監視カメラとぷに子は機械同士、無線で繋《つな》がりあっており、だから彼女は多角的にこのホテル内を把握することができる。しかしそれは、死角に入れば安心ということにはならない——カメラに映っていないのならば死角にいるはず、という推測があっさりと立つからだ。

当然、この地下駐車場のこの場所に限らず、ホテル内に生じる死角はすべて、ぷに子のハードディスクの中にインプットされている。

だから少し時間をかければ、ふたりの発見は容易《たやす》かったのだ。

ふたり。

零崎曲識——そして、架城明楽がいうところの『僕達の可愛いベイビーちゃん』にして西東天のいうところの『俺の娘』——赤毛の少女。

ふたり。

ともに十代半ば。

疲労困憊の曲識に、生き返ったばかりの赤毛の少女——絶体絶命のピンチとも言える状況だったが、

しかし、曲識はいくらか平静さを取り戻しているように見えたし、赤毛の少女に至っては——その表情に強気な微笑みさえ浮かべていた。

「どうかなさいましたか？　ご主人様」

ぷに子は首を傾《かし》げる動作をして、言った。

むろん、彼女の回路は認識している——昨日殺したはずの少女が今こうして生きている不可思議を、そしてその少女が、現在の自分のターゲットと行動を共にしているらしい不可思議を。

だからこそ、どうかしたのかと聞いたのだ。

しかし本当のところ、ふたりがどうかしてようとどうかしてなかろうと、彼女にしてみれば『どちらでも同じこと』なのだ——何がどうであったところで、あくまでも彼女は受けた命令を忠実に実行するだけである。

ロボット三原則こそ組み込まれていないものの、創造主の命令を実行するだけの忠義を、彼女はメイドらしく備えているのだった。

機械とはいえ。

また、創造主のひとりの知識不足、ひとりの思い込み、そしてひとりの面白半分によって、外装はともかく内面的に、メイドとして間違っている部分が多々あるのだが――それでも。

忠義だけは、備えている。

「どーもしねーよ、このがらくた」

赤毛の少女は乱雑な口調で言う。

年齢の割に大人びた外見ではあるものの、喋り方はまるで子供のままのようだった。

「さすがのあたしも殺されたのは赤ん坊のとき以来だったぜ――ったく、生き返れないかと思った」

そんなとぼけたことをいう赤毛の少女だったが、しかしぷに子はそんな彼女の内面から激しい怒りを正確に感じ取っている。

ぷに子に対する怒りではない。

恐らくはぷに子の創造主、そのうちふたりに対する怒り――ならば。

ぷに子は改めて命令を実行する。

反逆者を殺す。

裏切者を殺す。

同じ娘として――妹として。

この少女を殺し直す。

殺しても生き返ったというのなら――死ぬまで殺せばいいだけのこと。

機械には同情も動揺もない。

あるのはただ、創造主に対する絶対の忠義のみである――

「かしこまりました、ご主人様。それでは改めて――お還りなさいませ、ご主人様」

がちゃん、がちゃん、がちゃん。

うぃーん。

と。

創造主の悪趣味な冗談としか思えないレトロな稼動音を立てながら――ぷに子は動き出した。このときのぷに子は、赤毛の少女についてはともかく、その後方に構えている零崎曲識についてはまるで考慮していなかった——当然と言えば当然である。

ぷに子にしてみれば、曲識は戦闘の場において何故か音楽を奏でる不思議な少年でしかない——彼の音楽はぷに子にはまるで通じないのだから。

肉体と精神に干渉する曲識の音楽。

しかしぷに子には肉体もなければ精神もないのだから——

「逝ってらっしゃいませ、ご主人様」

「黙れや！　あたしを主人と呼んでいいのはあたしだけだ！」

先手必勝とばかりに、ぷに子が稼動し切る直前に、赤毛の少女のほうから飛び掛かる——その瞬間を見定めて。

『音使い』零崎曲識は、地下駐車場に響き渡るほどの大音量のボーイソプラノで——歌い始めた。

作詞作曲——零崎曲識。

戦意高揚曲——作品No.1、『鞦韆《ぶらんこ》』。

◆　◆

「あたしがてめーを助けてやる——だからてめーはあたしを助けろ」

少しの歪《ゆが》みもないまっすぐな瞳。

戦略もなければ裏づけもない、直線的な視線で曲識を睨みすえて、赤毛の少女はそう言った。

僕と対極だ、と曲識は思う。

感情の起伏のない曲識に対し、少女はあたかも感情の塊《かたまり》のようだった——正直、曲識としては理不尽に不快な圧力を感じるくらいだった。

「助ける、と言っても」

つかんだまま、まるで手放そうとしない少女の手を振り払うことを諦め、しかし曲識はゆるやかに首を振った。

「僕にできることは限られている。恐らく僕はお前の力にはなれない」

「ああ?」

少女は曲識の言葉を受け、怪訝そうな顔をした。

「何言ってんだ――知ってるぞ。零崎っつったな? だったら人殺しの馬鹿どもの集団の所属じゃねえのかよ、てめーは」

「……そうなんだが、僕は特殊でな」

あまり協力を求めようという人間に対する物言いとも思えなかったが(軋識あたりなら間違いなくブチ切れる)、しかし曲識はそれほど動じることもなく、自分のことを説明する。

「僕は『殺し名』には珍しい『音使い』だ。音を支配するのが僕の技量。人体操作と人心操作が専門で、純粋な戦闘能力はかなり低い」

「はっ。てめーでてめーのことを『特殊』とか『珍しい』とか言う奴は、大抵凡庸《ぼんよう》なもんだぜ。てめーが人と違うのは当たり前だろうが」

普通のこと自慢してんじゃねえ、と少女は怒ったように言った。

自慢というよりは自虐だったのだが――しかし、そのふたつは根本的に似たようなものなのかもしれない、と曲識は言葉を呑み込んで黙った。

確かに。

この女は『違う』のだろうと思いながら。

「ああ、なるほど、『音使い』ね――わかったわかった。だからてめーの周りからは音が欠けてたわけか。急に周囲が静かになったから何があったのかと驚いて眼が覚めたけど、そういうことかよ」

「まあ――そうだな」

死体だと思っていたのが生き返ったのだ。

どちらかと言えば驚いたのは曲識のほうだった。

まあ、現実的なことを言えば単に仮死状態だったということだろう――それがたまたま、あのときに目を覚ましたというだけのことだ。

しかし――もしあと少しでも赤毛の少女が目を覚ますのが遅かったら、曲識の自爆の巻き添えで、そのときこそ本当に死んでいただろうことを考えると、この女――相当に強い運を持っているということなのだろう。

何者なのかは知らないが――

「ふうん、『音使い』か――ってことはてめー、さてはぷに子に撃退されたって感じだな？　あいつは機械だから、身体とか心とか関係ないもんな」

「ご名答だ」

だから僕はお前を助けることはできない、と曲識は続けようとしたのだが、しかしそれよりも一歩先んじて、

「いいじゃねえか」

と赤毛の少女は言う。

「実はあたしもぷに子にやられたんだよ――他の雑魚《ざこ》はあらかた片付けたんだけどよ、あいつだけはどうにもならなかった」

「……そうか」

三百人以上の兵隊を、曲識はひとりで撃破したが――どうやらこの少女も同じことをしたらしいと、そう理解する。

いや、より正確に言うならば――きっと、この少女が前日にあらかじめ『強敵』となるような者を間引いていてくれたがゆえに――今日の曲識の襲撃が、予想以上に容易く行なえたのだろう。

思い上がり――か。

「お前も」

曲識は少女に問いかける。

「この戦争の被害者か」

「あー？　いやあ、どっちかっつーとあたしは被害者っつーより」

「いや、言わなくていい――問わずにはいられなかったというだけだ。僕だってお前に、ここの最上階にいる連中との因縁を語ろうという気はない。理由などまるで必要ない」

この辺りは曲識の、生来の思い込みの激しさの発揮のしどころだった――とはいえ、家族でもない他人の事情に深く立ち入りたくないというのは、歴然

たる彼の本音なのだった。

「問題なのは、僕ではぁのアンドロイドに対抗するすべはないということだ——あらゆる意味でな。そのところ、お前はどうなんだ。そうして生き返ったところで、お前はぷに子に勝てるのか」

「今のあたしじゃ無理だ」

自信たっぷりに、赤毛の少女は断言した。

「勝てる理由がひとつもねぇ」

「…………」

さすがに曲識は呆《あき》れたような表情を浮かべたが
——しかし同じ口調のままで、赤毛の少女は「だけど」と、更に続けた。

曲識の手を握ったまま。

まるで、既に同盟は成立しているかのように。

握手をしたままで。

「てめーがあたしを助けるって言うのなら、てめーがその理由のひとつ目になる」

——そして。


そして——戦意高揚曲である。

作詞作曲——零崎曲識。

作品No.1、『鞦韆《ぶらんこ》』。

手のひらの銃口、手首のうちの刀剣、その他数々のギミックを駆使して、少女の体軀へと容赦なき攻撃を繰り出す由比ヶ浜ぷに子だったが、彼女はその全てを紙一重のタイミングでかわし、また反撃の拳をぷに子の身体へと叩き込む。

「お——おやめください、ご主人様」

「やめるわけあるかぁ！」

地下駐車場を舞台に。

非常に優勢に、赤毛の少女は戦闘を進めている。

しかし厳密なことを言えば——優勢に戦闘を進めているのは赤毛の少女ではなく、その後方で、大音量で歌い続ける零崎曲識なのだった。

音使い——である。

人体操作と——人心操作。

音楽の持つ干渉性の高さは、殊更《ことさら》説明するまでもない——世界中のどんな場所のどんな文明であれ、音楽に類する文化がないということはほとんど皆無である。

　精神を高揚させる——暗示をかける。

　生半《なまなか》な音楽でもそうなのだから、それを専門に使用する零崎曲識の『音』の支配力の高さは、それこそ『呪い名』の連中にさえ匹敵する——あるいは凌駕さえするのだ。

　そんな技術に頼っているからこそ、いざ由比ヶ浜ぷに子のように『音』が通じない相手が現れたとき、零崎曲識の戦略は根本から崩されることになるのだが——しかし。

　音の効果は対象を敵に限らない。

　味方にだって——音は届くのだ。

　無差別攻撃——である。

　だがしかし、そうは言うものの、それは曲識にはまるでない発想だった。味方の身体を操って戦闘をさせるなんて、そんなとんでもない発想は——

　自分の戦闘能力は、大勢で戦うときよりもひとりで戦うときのほうが、より発揮できる類のもの——極端なケースを言えば、味方を巻き添えにしてしまうことさえあるような——しかし！

　この使い方なら——味方を兵器として、味方を兵隊として使う覚悟があれば、その考えはまったく否定されることになる。

「…………」

　ふっ、と曲識は息継ぎをする。

　息継ぎの間に、考える。

　だがしかし——どんな味方が、自分の身体を操作されることをよしとするだろうか？　強制的に兵隊とされること——身体を操られること、心を操られること。それを許容できる者など、そうそういるわけがない。

　そう思っていた。

　だから——より正確に、より厳密に言うならば、そんな発想は、決してなかったわけではない。

発想するべきではないと、そう思っていたのだ。

なのに。

少女は、自分からそれを提案してきたのだ。

「あたしには『力』がある」

赤毛の少女は言った。

「人間の力の限界を、限界の更にその向こう側を目指した力だ――ほかに並び立つもののない力だ。だが、その力の使い方がよくわからん。その力の使いどころがよくわからん。その力の使い道がよくわからん――独学と独力じゃあ限界がある。かといって今更誰かに教えを請うている暇はない――そんな悠長なことをしているうちに全てが終わってしまう。そもそも周りは全部敵みてーなもんだしな。しかし、そこに現れたのがてめーだ、こりゃあ天の配剤だとしか思えねえ――だから」

だから。

「あたしを操れ」

「そ、そんなこと――」


むしろ躊躇したくらいの曲識に――

赤毛の少女は笑ってみせた。

「言っとくが、あたしは本っ当にすんげえすんげえすんげえんだからな――あたしを操ってもぷに子を倒せねえってことは百パーセントねえ。手柄はてめーにくれてやる。だからあたしに、勝利を寄越せ」

――どうして。

この少女は、どうしてそこまで人を信用できるのだろう――それも当たり前のように。

人を疑うということを知らないのか？

たとえば――曲識がぷに子に対して自分を盾に逃げ出すかもしれないとか、そんな風には考えないのだろうか？

出会って数分の人間を、どうしてそうも真っ直ぐに――歪みなく、迷いなく。

曲がることなく。

信用することができるのだ――

「――――っ！」

一層大きな声で――曲識は歌う。

ボーイソプラノ。

『歌』は曲識の奥の手であり、切り札だった。

それこそ初めて会った人間の前でおいそれと使用したい技術ではないのだが、楽器を全て破壊された曲識に奏でられる調べと言えば、それしかない。口笛では人心は操作できても人体までは操作できない――演奏も伴奏もない、完全にアカペラ状態ではあったが、しかしそれゆえに、曲識の歌声は強く強く、赤毛の少女の身体を支配する。

彼女をぷに子と渡り合わせる。

なるほど、確かに言うだけのことはある――

彼女の『力』はすさまじい。

いささか変則的な戦い方をする者だとは言え、曲識もこれまで『殺し名』の一員として数々の規格外とも言える才能を見てきた――そんな規格外の才能と較べても、彼女の身体能力はまるで引けを取らない。年齢を考慮すれば、ずば抜けていると言っていいだろう――まず間違いなく、トップクラスの才能である。

そして何より――操りやすい。

有線で繋がっているかのごとく、操作性がいい。

それは普段曲識が操っているのが敵だからだろう――抵抗なく曲識の操作を受け入れてもらえたら、人間はここまでコントロールがしやすくなるのだ。

味方を操るなど――やってはいけないことだと思っていた。

思い込んでいた。

それを受け入れてくれる人間など、そうそういるわけがないと――零崎双識や零崎軋識ならば、状況によればあるいは受け入れてくれるかもしれないけれど、彼らだって決してそれを快くは思わないだろうと思い込んでた――だけど。

それはつまらないこだわりだったのかもしれない。

相手が自分を信用してくれないだろうと言って。

信用していないのは――曲識のほうだったのかも

しれない。

「──お休みなさいませ、ご主人様」

「てめーこそ、さっさと休め！」

「お食事の時間です、ご主人様」

「喰らうかあっ！」

由比ヶ浜ぷに子と赤毛の少女の激しい攻防。

攻防──しかし。

あくまでも赤毛の少女が優勢に戦闘を進めてはいるものの──しかし、徐々にその差が詰まってきたようでもあった。先ほど、まくれたスカートの下から現れた、右足の膝から発射された大量の釘のうち一本が、少女の肩を掠めた辺りから、一方的な展開は終わり始めていた──

「ちっ！」

赤毛の少女は大きく舌打ちし、曲識を詰る。

「おいこら、てめー──ボリューム落ちてんぞ！そんな歌じゃあたしの心には響かねえよ！」

無茶を言う。

自分で戦うわけではない『音使い』とは言え、決して楽な戦いをしているわけではないのだ──ひとりの人間がいつまでも歌い続けることなど、できるわけがない。楽器を使っているときもしかりだが、音楽というのは思いのほか体力を消費するものなのだ。特に今の曲識は、無酸素運動を休憩なしで続けているようなものである。常人ならば五秒も出し続けられないようなボリュームの大声を、既に五分以上に亘り、発し続けている──

「────っ！」

改めて厄介なのが──ぷに子の装甲である。

確かに自分で言うだけのことはあって赤毛の少女の肉体はずば抜けているが、それはあくまでも肉体である。どれだけ攻撃を加えたところで、肉体ではない機械の身体を有するぷに子を破壊するには至らないのだ。下手に力加減を誤れば、少女の拳のほうが破損してしまう。

ぷに子などというふざけた名前に反して──

その身体は鋼鉄である。

——タイミング。

しかしそれも、わかっていたことだ。

最初からわかっていた。

頑丈な機械たるぷに子を破壊する難しさは、ふたりとも、身をもって（赤毛の少女に至っては一度は死んでまで）理解しているところである。

だからこそ。

零崎曲識は——そして赤毛の少女は、タイミングをはかっていた。

その攻撃を——待っていた。

「————っ！　————っ！」

一層。

肺の中にある全ての空気を吐き出さんばかりに、血中酸素さえも音の波に変換せんばかりの勢いで、零崎曲識は歌い上げる。

フルボリュームだった。

如意棒のように不気味に伸びて槍《やり》のようになり、赤毛の少女の身体を貫こうとしたぷに子の両腕を、曲識の歌の効果でひらりとかわして——赤毛の少女はぷに子の懐《ふところ》へと這入り込む。

赤毛の少女はともかく。

あと三十秒も歌い続ければ確実に喉が潰れてしまうだろう零崎曲識の残りゲージを考えれば、恐らくはこれが最後のチャンスかもしれなかった。

赤毛の少女はこぶしを構える——

「失礼いたします、ご主人様」

かぱっ、と大きく口を開け——中から現れたのは砲門だった。

巨大な鉄球でも打ち出さんばかりの砲門だった。

この至近距離でそんな攻撃を食らえば、生身の肉体である赤毛の少女はひとたまりもない——しかし。

「——いいタイミングだ」

そこで赤毛の少女は——にやりと笑った。

そして。

手の内に潜めていた手榴弾を——ぷに子の口の中

へと、強引に押し込んだ。

詰め込んだ。

外側をいくら固めようと——いや外側を固めれば固めるほどに、案外、それは内側からの衝撃には弱いものだ——あのとき。

最初の、あのとき。

赤毛の少女が、零崎曲識が手榴弾のピンを抜くのを止めたのは——彼の自爆を防ぐためではなかった。

あくまでも。

その手榴弾があればぷに子を打倒しうるから——蘇生してまず、彼の手をつかんだのだった。曲識と違い、少女はぷに子のことを知っていた。ぷに子の構造をある程度は把握していた——身体中のそこここに仕込まれたギミックを、ある程度まで把握していた。だから——口の中の砲門のことも、知っていた。

知っていれば——裏をかける。

曲識が音使いだったのは、あくまでもただの幸運——しかし、彼の自爆を止めたのは、彼女の選び取った戦略だったのだ。

「てめーはクビだ。あたしに仕えるには、百年遅い」

抜き取ったピンを——赤毛の少女は放り投げる。

「あばよ、あたしの妹。愛してたぜ」

◆　◆

「あーあー、曲識くん、やっと会えたよ——本当、今までどこに行っていたんだい。まあきみのことだからね、あんまり心配はしていなかったけれど、無事で何よりだよ——」

　翌日になって——

　零崎曲識は、零崎双識、そして零崎軋識のふたりと合流した。のちに零崎一賊三天王と呼ばれることになる三人が、今ここに、久し振りの集合を果たしたわけである。

　あの高級リゾートホテル、ロイヤルロイヤリティーホテルから十五キロほどの距離にある住宅街の中の、とある空き家の中での再会だった。一応いくつかのパターンを想定して、場合に応じた集合場所を決めてはいたものの、これまで何度もすれ違っていたので、いざ集合できてみると、意外さの気持ちが先にたった。

　意外と言うより——望外か。

　双識のテンションは、実のところ普段の曲識の価値観からしてみればやや鬱陶《うっとう》しいものがあったが、このときばかりはそんなことは思わなかった。

「服はズタボロだけど、怪我は——とりあえずないみたいだな」

　軋識が、釘バットを肩に乗せたままで言う。

「……………」

「ん？　どうしたんだい曲識くん？」

　黙っていると、双識がそう言って、心配そうに曲識の顔を覗き込んでくる。曲識はそれに対して、

「いや」

と、言った。

「何も——悪くない」

　悪くない。

　そうは言ったものの、その声は完全に潰れてしまっていた——三日は元に戻らないだろう。双識と軋

識は曲識の『武器』を知っているだけに、その潰れた声に驚きを隠せなかった。

ふたりとも、声を揃えて、

「何があった？」

と訊いてくる。

何があったか――それを説明するのは難しい。それ相応の時間をかけなければならないだろうし、そして相応の時間をかけて説明したところで、結局のところ、曲識は失敗してしまったのだから――


それから。

地下駐車場のアスファルトの床に――頭部を内側から吹き飛ばされ、首から上を失ったメイドロボ、由比ヶ浜ぷに子が、大きな音を立てて倒れ伏せて。

それから。

「ぷに子は何とかしたが――しかし」

赤毛の少女は爆風で乱れた髪を手櫛で整えるようにしながら、言った。

「これだけの爆音が響けば――あいつらはもう逃げ出しちまってるだろうな。ぷに子の状態はその気になりゃあモニターできるはずだし……ここは死角とはいえ、監視カメラもあるしな。大体、あの手品師のおっさんは機を見るに敏過ぎるんだよな――やれやれ、せっかくここまで追い詰めたってのに。……まあ、ぷに子を倒せただけでもよしとするか」

「…………」

零崎曲識は――その台詞を聞きながら、その場に腰を降ろす。いや、それはそんな自律的な行動ではなかった――単に疲弊したせいで体重を支えきれず、膝が崩れ、無様にしりもちをついてしまっただけのことである。

そんな曲識を振り向いて、

「ああ――サンキュな。てめーのおかげで助かったぜ。てめーもあたしのおかげで助かったろ？　お互いハッピーってことで、よろしく」

と、赤毛の少女はそう言った。

「とりあえず、あんたに操ってもらえたから、『力』の使い方もそれなりにわかったぜ——そうか、なるほど、こうすればよかったんだな。それについても礼を言うよ。えっと……零崎、まがしき、だっけ？」

「……ああ」

そう答える曲識の声は、かすれている。

限界まで喉を使った直後なのだ、相手にぎりぎり聞こえる程度の声量を出すのもやっとだった。

そして答えながらも——零崎曲識は考える。

確かに曲識は助かった。

あのままだと、曲識はなすすべなく由比ヶ浜ぷに子に殺されていただろうことは間違いなかったのだ——それがこうして、喉を潰した程度で生きていられるのは幸運なことだ。

しかし——どうだろう。

果たして。

この赤毛の少女に『戦い方』を教えてしまったことは——果たして幸運なことだったのだろうか？

曲識にとって。

零崎一賊にとって。

あるいは——世界にとって。

もちろん、後悔したところでもう遅いのだ——覆水は盆には返らない。あふれ出さんばかりの才能という名の水に対し、曲識は既に道筋をつけてしまった。あとは高きから低きに流れるがごとし——である。なるようにしか、ならない。

「……まあ、悪くない」

悪くない。

不安の種は尽きなかったが、しかし——不思議と、心から、そう思えた。

そんな曲識の心中には全く頓着せず、「だけどよ——」と、赤毛の少女は言った。

「——てめーも随分と大声でシャウトしてたよな。ロックンロールかよ。案外、あの声の衝撃波だけでも武器になったりすんじゃねーの？」

「……無理だな。そういうタイプの音使いもいると聞くが……僕は残念ながら、そういう音の使い方が不得手だ。僕の専門は音を支配することで——音を解放することではない」

「ああ？　何決め付けてんだよ、ばーか」

かすれた声での曲識の言葉に、赤毛の少女は言い返す。

「それが両方できたら、最高格好いいだろうが。つーか、それができたらぷに子はてめーひとりで倒せたんだ。不得手だとか専門じゃないとか、言い訳してんじゃねーぞ。生きてんだから、頑張れよ。つーか、死んでも頑張れ。あたしは頑張ったぞ」

「…………」

「とは言え、ぷに子をクリアできたところで、あのふたりをてめーひとりで倒せたかどうかは、やっぱし微妙だけどな——あいつら変だから。まあいいや。あたしはもう行くけど、てめーはどうする？」

どうするもこうするもなかった。

最後の武器である『歌』も歌えなければ、この有様では口笛さえ吹けないだろう——ペリルポイントからもらった手榴弾を失って、自害さえもできない。赤毛の少女の推測とは違い、曲識のターゲットであったこの戦争の首謀者が、たとえ最上階から逃げ出していなかったところで——曲識には打つ手がない。

やはり。

敗走するしか、ないのだった。

失敗だ。

「まあ……、それはそれで」

悪くない。

不思議と——それについても、心からそう思えた。

していると、

「ああ、そうそう」

と言って——赤毛の少女は、手を叩いた。

ぱちぱちぱち。

そんな風に。

「……？　何の真似だ？」

「いや、拍手だよ。拍手拍手」

赤毛の少女ははにかんで言った。

「いい歌だったな。またいつか、聞かせてくれよ」


——だから。

結局は——曲識は何も目的を果たすことができなかった。あれほど、事態の中心にまで近付いておきながら——何も得ることもできずに敗走して、そしてこの空き家に、ほうほうのていで辿り着いただけのことである。

得たものがあるとしても——それはあの少女の、拍手くらいのものだった。

「…………」

だけれど面白いものだ。

ひょっとしたら、あの少女から拍手されたことがあるという事実は、いつかきっと——痛快な自慢話になるような気さえするのだから。


「双識さん、軋識さん」

曲識は言った。

あらゆる説明を放棄して。

何一つ語らず——ただ、自分の決意を語った。

「僕はこれから——この戦争を勝ち抜くために、この戦争を生き抜くために、双識さんや軋識さんの身体を操らせてもらおうと思う。僕の音楽があれば——ふたりの力を十二分まで引き出すことができる」

「あ？　ああ。そりゃいいな。すぐやってくれ」

軋識が即座にそう答えた。

「俺は曲識くんが自分からそう言い出してくれるのを、ずっと待っていたんだよ」

さすがに嘘っぽかったが、それくらいこともなげに、双識もそんな風に言った。

なんだ。

こんなに簡単なことだったんじゃないか。

零崎曲識は、そう思った。

「……それからもうひとつ——僕の決意を聞いてく

れるか」

　曲識は——そんな風に続けた。

「この戦争が終われば、僕は——少女以外は殺さない」

「……うん？」

　ふたりは、この言葉には首を傾げた。

　もちろん、意味はわからないだろう。

　だけど——あの赤毛の少女を一目だって見ていれば。

　きっと、曲識の言うことがわかるはずだ。

「それは——修羅の道だよ」

　それでも、わからないなりに、曲識の言いたいことを解釈したのか——双識は言った。

「無駄だと思うから止めないけれど、もしも挫折することに失敗すれば——きみは零崎一賊史上、誰も経験したことがないような、塗炭《とたん》の苦しみを味わうことになる」

「悪くない。まったくもって、悪くない」

　曲識は言った。

　またいつか。

いつか、彼女に僕の歌を聞かせるためならば。

「そういう零崎を始めるのも、悪くない」

『少女趣味《ボルトキープ》』。

　一賊唯一の禁欲者《ベジタリアン》、零崎曲識の——これが生誕の物語である。

◆　◆

——それと、少し時間を前後して。

　上に超を更に三つくらい重ねてつけたいほどの超弩級の巨大さを有する高級リゾートホテル、ロイヤルロイヤリティーホテルの地下駐車場において——ひとつの異変が起きていた。

　誰もいない、最早監視カメラさえも稼動していないそんな場所で——由比ヶ浜ぷに子が、ゆっくりと身体を起き上がらせていたのだ。

　がちゃり、がちゃり、がちゃり。

うぃーん。

そんな、創造主の悪趣味な冗談としか思えない、レトロな稼動音を立てながら——彼女は二本の脚で立ち上がる。

頭部がない。

跡形もなく吹っ飛んでいる。

首から上には何も乗っていない——

「……おはようございます、ご主人様」

しかし。

ぷに子はあくまでもロボットなのである。

頭部が吹っ飛ばされたところで——その頭部に、重要な機関が収納されていなければ、活動を続けることができるのだ。

アンドロイドとして、いくら人体を模しているとは言っても——急所まで同じ位置にする必要などどこにもない。

人間でいう脳や心臓の位置にCPUを配するほど。

三人の研究者達は愚かではなかった。

狂ってはいたが、愚かではなかった。

「どこまでもご一緒いたします——ご主人様」

頭部を失ったままで——由比ヶ浜ぷに子は歩む。

車輪の靴で歩む。

彼女の姉を、捜し求めて——

物語は終わる。

戦争は続く。

(第二楽章——了)

零崎曲識の人間人間 3

クラッシュクラシックの面会

◆　◆

近畿地方某府の繁華街。

某府と言ってしまうと京都か大阪であることは知れてしまうが——とにかく、某府の繁華街。

その隅のほうに位置するお洒落《しゃれ》なオープンカフェの一席に、店の雰囲気にあまりにもそぐわないふたり組の姿があった。他の席の客からはもちろんのこと、店の従業員からも露骨に奇異の視線を向けられているが、しかしふたりはそれに気付いているのか気付いていないのか、まるで意に介する風もない。

ひとりは顔面刺青《いれずみ》の少年だった。椅子に腰掛けているので正確な身長ははっきりとはしないが、それでも男性としてはかなり小柄な体格であることは間違いがない。まだらに染められた髪、右耳には三連ピアス、左耳には携帯電話用のものだと思われるストラップ。タイガーストライプのハーフパンツに物騒なデザインの安全靴——上半身は、裸の上に直接、タクティカルベストを羽織っている。

もうひとりは、見たところ、どうやら女子高生のようである。顔面刺青の少年よりもやや年下に見受けられるが、しかし身長はこちらの少女のほうが若干高めらしい。下半身は女子高生らしいプリーツスカートに紺色のソックス、スクールシューズ。上半身は派手な色のジャージで、サイズが合っていないのだろうか、袖が若干あまっていた。既《すで》に夏と言っていい季節に入ろうとしているのに、少女は目深《まぶか》にニット帽をかぶっていた。

ふたりは色々と喋りながら——注文した品が届くのを待っていた。

とは言え、話の内容はどうも益体《やくたい》もないことのようである。読売ジャイアンツのファンは阪神電車を利用しないはずだとか、いやそんなことを言っても阪神タイガースのファンだって好きなバンドが東京ドームでコンサートをやるとなったらそのチケットを手に入れるだろうとか、そう考えれば西武ライオンズのファンが西武デパート以外で買い物をするのは裏切り行為なのかなあとか、ロッテマリーンズのファンはロッテ製品以外のお菓子は買わないらしいとか、まあそんな類の話だった。

やがて、ウエイトレスがトレイに料理を載せて、ふたりの席へとやってくる。料金は先払いだったので、既に客としての義務は果たしたとでも思っているのか、そのウエイトレスには反応せず、ふたりは（くだらないなりに）熱いトークを中断はしなかった。

メロンソーダ。

ホットコーヒー。

サンドイッチセット。

ジャンボパフェ。

そんな品々をテーブルの上に並べて、そのウエイトレスはそそくさと去っていった。まだ未成年と見える彼女は、若者らしい好奇心というのか、その奇妙なふたり組に少なからぬ興味が湧いてはいたようだが、それよりも変な連中にかかわりたくないという気持ちのほうが勝ったようだった。

当然といえば当然。

というより、至極《しごく》正しい判断だったろう。

好奇心が猫を殺すのたとえにもあるように、もしもあのウエイトレスが変な冒険心を出していたら、その場合は、彼女の身の安全を保障してくれる者は誰もいなかった。

何せ――このふたりは、殺人鬼なのだから。

殺人鬼。

無差別に人を殺す者。

「うふふ。来ましたねー。おいしそうですねー。伊《い》織《おり》ちゃん、もうおなかぺこぺこですよ」

ニット帽の少女――無《む》桐《とう》伊織はそう言って、顔面刺青の少年――零崎人識《ぜろざきひとしき》に対して、頭の位置の高低差を調整するためだろう、やや前かがみになって、

「あ～ん」

と大きく口を開けた。

伊織のそんな行動を受けて。

人識はとても嫌そうな顔をする。

「ん？　どうしたんですか？　人識くん。早く食べさせてくださいよ」

「……傑作だぜ」

呟《つぶや》いて。

まずは、メロンソーダとジャンボパフェを自分の前へと確保して——ウエイトレスがどう思ったかは知らないが、この少年はどうやらかなりの甘党のようである——ホットコーヒーとサンドイッチセットを伊織の前へと押しやり、それからおもむろにサンドイッチを一切れ手にとって、伊織の口の中へと、乱暴に押し込む。

「む。むー！」

思わず後ろに引く伊織。

しかし押し込まれたサンドイッチを吐き出すわけにはいかず、リスの頬袋のように膨れあがった自分の頬の内側に四苦八苦しながら、どうにかこうにか咀嚼《そしゃく》する。

「ごっくん」

と、自分で擬音を言いながら飲み込んで、

「もっと優しくしてくださいよー。人識くん」

と、伊織は正面の少年に文句を言った。

「ほら。次はコーヒーを飲ませてください。あ、砂糖はちょっと多めに。ミルクはいれないでくださいね？　味が濁りますから」

「…………」

言われるがままに、テーブルに備え付けのシュガーポットから角砂糖を三個取り出して、コーヒーの中に入れ、小さなスプーンでそれをかき混ぜる人識。

さっきと同じように、出来上がったやや甘めのコーヒーを伊織の口元へと運ぶ。

さっきと同じように。

つまり乱暴に、である。

「あっつー！」

サンドイッチならまだしも、淹《い》れ立てのコーヒーを口の中に流し込まれた伊織は、今度は我慢することができず、そのコーヒーを思い切り噴き出した。

当然、噴き出されたコーヒーは、正面の少年へと吹きかけられる。

殺人鬼。

人をどれだけ切り裂こうと、その血飛沫《ちしぶき》を一滴も浴びたことがないという触れ込みの殺人鬼、零崎人識は、女子高生に噴き出されたコーヒーで水びたしになってしまった。

いや、熱湯びたしという表現のほうがしっくりくるかもしれないが。

「ああ、もう。自業自得ですよ。酷《ひど》いことしますねー、人識くんは。妹虐待じゃないんですか？　これは」

「つうか、あんたな……俺に飲ませてもらうことになるってわかってんだから、冷たい飲み物を頼めよ。なんでホットを頼んでんだ。どんだけチャレンジャブルなんだよ、あんたは」

手元のおしぼりで、伊織から吹きかけられたコーヒーをぬぐいながら、うんざりしたような表情で、人識は言う。

「ったく、困ったもんだ。……つうか、なんだ？　この状況。俺はどうして、まるで熟練の執事のごとく、あんたの食事の面倒を見てやらなきゃならないんだ？」

「仕方ないじゃないですかー」

伊織は言う。

ジャージの余った両袖を、人識に示すようにして。

「わたし、こんなんなんですから」

よく見れば。

少女の腕のシルエットは、やや不自然だった。

それは——ジャージの袖が長いのではない。

無桐伊織の、腕の長さが——短いのだ。

だから——ジャージの袖が、余っているのである。

つい先日。

ふたりは、とある小規模な戦いに巻き込まれた。

否、人識は文字通り巻き込まれたという形容であっているのかもしれないが、事態の中心にいた伊織の場合はその逆で、巻き込んだ——というべきなのかもしれないが、ともかく、その小規模な戦闘に勝利するにあたってのささやかな犠牲として、無桐伊織は両手を失ったのである。

手首よりやや上の部分で——切断された。

とある兄弟に、切断された。

右手首は弟に。

左手首は兄に。

それぞれ、切断された。

兄弟がそれぞれに刃物の達人だったため、切断面が綺麗だったのがよかったのか、それとも人識が施した事後の処理がよかったのか、破傷風やら何やら、そういった方面の心配はなさそうだったが——状況が状況だったため、切断された手首をもう一度引っ付けようという試みは失敗に終わった。

まあ。

その小規模な戦いで、表裏合わせ、どれほどの犠牲者が出たのかと考えれば、少女ひとりの両手首など、皮肉でも韜晦《とうかい》でもなく、本当にささやかな犠牲なのかもしれないが。

「人識くんが食べさせてくれないんだったら、飢え死にするしかないですよ。人識くんはわたしに死ねって言うんですか？　人はパンダがなければ生きていけないんですよ！」

「人類存続にまさかパンダが噛んでいるとは、さすがの俺も考えたことがなかったぜ」

「パンがなければお金を食べればいいのに！」

「セレブ過ぎるわ」

「おやおや」

「別に飢え死にさせるつもりはねーけどよ。でも、頑張ればひとりでもなんとかなんねーか？」

「犬食いしろって言うんですか？　ふうむ、わかりました。やってみますね」

言って、身体を先ほどよりも更に前傾させて、サンドイッチセットの載せられたお皿に顔を突っ込む伊織。

「むぐ、むぐ。むぐ。べろ。べろべろ。くっちゃくっちゃ。うなー」

「やめろ。俺が悪かった」

皿にこびりついたマスタードを舐め始めたところで、さすがに人識がストップをかけた。

身体を起こした伊織の、マスタードやらケチャップやらでサイケデリックな化粧がほどこされた顔を、さっき自分の身体を拭いたおしぼりで、拭き取る。それでもやや乱暴な手つきではあったが、まあ、女性の顔に対するにあたって、彼なりの気遣いも感じられる手つきだった。

「しかし、なんつーか、伊織ちゃん。飲み物くらいはストローつきのものを注文するくらいの頭のよさは見せてくれ」

「はっ。まさかそんな手があったとは」

「サンドイッチは——その意味じゃ、正しい選択だけどな」

伊織が顔を突っ込んだことで崩れてしまったそれらを、器用な手つきで元の形に戻していく人識。割と細かい作業が得意な性格のようだ。

「元々サンドイッチって、食べ易さを優先したメニューらしいですからね」

「んだ？　そうなのか？」

「知らないのですか？　人識くん」

物知らずですねえ、と、物知り顔をする伊織。

「その昔、サンドイッチ伯爵というかたがいてですね、その人が、『トランプで遊びながら食事を摂ることはできないものだろうか』と悩んだ末に考案したのが、このメニューなのです。サンドイッチという名前の由来は、だからその伯爵なのですね」

「いつの時代の話かわからねえけど、誇り高き伯爵としては、随分と不本意な名前の残し方だったろうな……」

人識は目を細めて、そんな感想を述べた。

「つうか、パンに具を挟んだくらいのものを、自分が考案したオリジナルの料理だと主張したことが、そもそも驚きだよ。これくらいのもんは絶対に紀元前からあっただろ」

「まあ、この手の俗説は尾ひれがつきますからねえ。別の説もいくつか聞いたことがありますよ。どれが本当なのかは、なかなか結論が出ません」

「あー。もういいよ。そんな議論で揉めんなっつーの。しょうがねえ連中だなあ、まったく。どうしても決まらねえってんなら、仕方ねえ、俺が考えたってことにしといてやるから」

「人識くんは器が大きいですねえ」

冗談なのか本気なのか、真面目《まじめ》に感心した風を見せる伊織だった。

「では、その器の大きさでもって、わたしの食事の面倒もきっちり見てくださいね」

「あのなあ」

「小さな身長の割には大きな器でもって、と言ったほうがよかったですか?」

「殺すぞ!」

殺人鬼が言うには物騒な台詞《せりふ》だった。

とはいえこの場合、言われている側も殺人鬼なので、大して効果もないようだが。

「うふふ、気にすることないですよ、人識くん。わたし、女子的には背が高めですからね。自分よりも背の低い男子の扱いには慣れています。そんなことで人識くんを見下したりしません……なんて、物理的には見下しちゃってんですけど!」

「お前は手首じゃなくて足首を斬られればよかったんだ」

「こわっ!」

「ったくよぉ」

マジで何やってんだ俺は、と言いながら、サンドイッチをまた一切れ手にとって、それを、今度こそ普通に、伊織に食べさせる人識。

もくもくと、伊織はそれを食い千切りながら、ゆっくりと食した。

「うまいか」

「おいしいです」

「そりゃよかった」

反対側の手でスプーンを手にとって、自分のジャンボパフェに手を出す人識。アイスクリームが使われているパフェなので、あまり長時間放っておくわけにはいかないのだ。

「大体ですねー」

と、伊織は言った。

「今更、食事の面倒くらいで文句を言わないでくださいよ。ここ数日、トイレの世話だってお風呂の世話だって、わたし、日常生活の面倒はぜーんぶ人識くんに見てもらってるんですから」

「いや、俺は十分にそれらを含めた上で、疑問を呈しているんだ」

「人識くんだって本当は嬉しい癖に。こーんな可愛らしい女子高生のトイレやお風呂に、大義名分をもって同行できるんですから！」

「そういう趣味のある奴もいるのかもしれないけど、俺は違う。俺はもっとこう、おねーさん系の……いや、俺の話じゃねえって」

「綺麗なおねーさんが好きなのですか？」

「嫌いな奴がいるのかよ」

とにかくな、と人識は言う。

表情は苦笑いである。

文句を言いながらも、基本的には笑みを崩さない少年だった。

「女のトイレについていきたいと思うほど、俺はまだ男として熟してねえ」

「インセクトなことをおっしゃいますねえ」

「無垢って言いたいんならイノセントが正解だ」

インセクトは昆虫である。

「おやおや。まあしかし、トイレを限定して否定したということは、裏を返せば、お風呂はやっぱり嬉しかったのですね」

人識の言葉に、にやにやした感じで伊織は応える。

「とんがっている風に見えても男の子ですねー。ではお風呂上りの全身マッサージとかも、結構楽しかったのでは？」

「あとで気付いたが、あの全身マッサージはあんたの手首が両方斬られたこととは、まったく関係なかったよな……」

「いいじゃないですか。わたしのニット帽の下を見ることのできる人間なんて、なかなかいないのですよ？」

「その価値がわからねえ」

「そんな人識くんに朗報！」

「朗報って」

「YO—HO——！」

「海賊かよ」

「今はまだそれほどじゃありませんけれど、近い将来、わたしがもてあました性欲の解消にも、人識くんは協力することができます！」

「短い付き合いだったな」

席を立とうとする人識。

きゃー、と、伊織は悲鳴をあげた。

「いいか。俺は。そういう。下品な。冗談が。一番。嫌い。だ」

「純ですねー。しかし女子の性欲を否定されたら、わたし達はBLをどう語ればいいのですか」

「まずBLを語るな。……お前、兄貴の影響受け過ぎじゃねえのか？　初めて会った『零崎』が兄貴だってのは、ある意味災難だよな——」

言いながら、元々本気で立ち去るつもりもなかったのだろう、人識は椅子に座り直す。

「あー。本当なら、俺は今頃、飛行機に乗って雲の上だったはずなんだけどな——とんでもねえケチがついたもんだぜ。何がいけなかったのか。やっぱ、兄貴にかかわるとロクなことがねえ」

「双識《そうしき》さんっていうより、わたしはあの赤いかたの所為《せい》だと思いますけれどねー」

まあそれで人識くんがわたしのそばにいてくれるというのなら結果オーライです、と、伊織は割と勝手なことを言った。

　そのせいで決して小規模ではない電車事故が起きたことを思えば、尚更である。

「そうだ、あんた、友達とか呼べよ。女子高生なんだから友達くらいいるだろ」

「女子高生だからという意味がよくわかりませんが、そりゃ友達くらいはいます。でも、友達に自分の生活の世話なんてさせられませんよ。やっぱりこういうことは家族でないと」

「俺は兄貴以外を家族だなんて思ったことは——ああ、まあいいや。じゃあ、親戚とかは？　家族は皆殺しにされたけど」

　物騒なことを、オープンカフェの席で言う人識。

　まるで周囲を気にした風もない。

「親しい親戚とか、いなくもねーだろ」

「んー。でも、わたしも人識くんも、死んだことにしておくほうが都合がいいって話じゃありませんでしたか？」

「ああ。そうだっけ」

　忘れてたわ、と人識。

「だったら、こういうのはどうだ。俺の好みじゃないとは言え、あんた、それっくらい可愛らしいんだからよ——適当にその辺の男をたらしこんでだな」

「人識くんは、女の子が可愛くあるためにどれほどの努力を払っているかご存知ないようですね……」

　ぼそりと伊織は呟く。

　低い声だった。

「まあ、わたしの面倒を見ているうちに、きっとそれを知ることになるでしょう」

「……なーんか俺の人生って、いつもこうだよな。兄貴にしろ出夢《いずむ》にしろ『あいつ』にしろ……どうして俺みたいないい加減な人間が、他人のことで悩まなくっちゃならねえんだ」

「出夢？　誰さんですか？」

「どこにでもいる殺し屋だよ。そういやあいつ、今頃どこで何してんのかな……しばらく会ってねえけど」

「お友達ですか？」

「そういう関係だったこともある」

「おやおや。思わせぶりですね」

「思わせぶりっつーか、そいつ自体が曖昧な存在だったからな」

「曖昧ですか。野球のポジションで言えばショートですね」

「ショートは内野のあまってる奴じゃねえ」

将棋の桂馬と一緒にするな。

そう言って。

それから、人識はストローをくわえて、メロンソーダを吸い込む。

そして。

「やっぱ必要だよな——義手」

「はい？」

「あんたの義手だよ。棚上げにしてた問題だけど、やっぱり、いっとう最初に解決すべき問題だろ。俺としては不本意ながら、あのアホ兄貴に頼まれてるからな——そこまでは、俺が面倒見てやるよ」

よっと、と。

そんな風に身をかがめて、テーブルの下に首を突っ込むような姿勢をとる人識。そしてその視点から、伊織のプリーツスカートの奥を覗き込む。

即座に彼の顔面に、スクールシューズの裏面が飛んできた。

ヒットする。

「ぐおっ」

テーブルの裏側で強く頭を打ってから、慌てて這い出してくる人識に、彼の顔面に直線蹴りを決めた伊織はとても冷たい視線を向けていた。

「痛えじゃねえか。何蹴ってんだよ」

「愛のない鞭です」

「愛はねえのかよ」

「あの兄にしてこの弟ありですね……人識くん、何を堂々と女の子のスカートの奥を見ようとしているのですか」

妹というよりはむしろ姉のように、人識の行動をとがめる伊織だった。

「スパッツを穿《は》いているからそんなことをしても無駄ですよ」

「知ってるよ……誰があんたの着替えを手伝ったと思ってるんだ」

「あ。でしたっけ」

「つーか、それは置いておいても、てめえで好き好んでそんな短いスカート穿いておいて、見られたら怒るってのは理不尽じゃねえのか?」

「わかってないですねえ、人識くん。女子高生が見せたいのはあくまでも脚です。太ももです」

スカートが短いと脚が長く見えるのですよ、と伊織は豆知識を披露する。

「だからショーツを見られるのは嫌なのです」

「どっちにしろ勝手な理屈だよ」


「まあ、お洒落の領域の話ですからねえ」

伊織はしみじみとした口調で言う。

「女の子が可愛くあるために、って奴ですよ」

「さっき言ってたな。だとしたら涙ぐましい努力じゃねえか。しかし、男の俺には全然わかんねー話だ」

「そんなことないですよー。人識くんだって、髪をまだらに染めたりピアスしたり、お洒落、頑張ってるじゃないですか」

人識のチョップが伊織のニット帽に炸裂する。

綺麗な角度だった。

「うなー。人識くん、両手を失って防御できない女の子に暴力を振るうとは、酷いですよー」

「愛のない鞭だ」

伊織の言葉が何らかの逆鱗に触れたらしく、人識はかなり真面目な視線で彼女を強くにらみつけ、そう言った。

「いいか。俺のファッションに対して、『お洒落、頑張ってる』とか、二度と言うな」

「あらあら」

「なんなんだ、その上からの目線は」

「ですから物理的に」

「心理的にも上位に立ってるじゃねえかよ。……ったく」

蹴られたことにより顔面に付着した汚れを手で払いながら、人識は独り言のように言う。

「やっぱ、早急に義手が必要だ。こんな生活、あと一ヵ月も続ければ限界が来て破綻しちまう。あるいは俺の精神が破綻する」

「なんだかんだ言いながら、あと一ヵ月までならわたしの面倒を見られると思っているあたりが、人識くんのこれまでの人生の苦労がどれほどのものだったのか、想像させますね」

「まあ、さっきも話に出た、出夢って奴の話だけどよ。そいつも両腕を使えない――ことが多かったから、多少の予備知識はある」

「はにゃ?」

「何がはにゃ、だ。はに丸かてめえは。俺はほにゃって受ければいいのか?」

言いながら――人識はいつの間にかジャンボパフェを食べ終わっていて、伊織が食べ残していたサンドイッチを、一切れつまむ。デザートのあとにサンドイッチを食べるというのは順序が逆のようだったが、甘党の人識には、あまりそんなことは関係ないようだった。

好きなものから食べていくタイプ。

なのだろう。

「でも、人識くん。義手についての話は、一昨日あたりにもうしましたけど――確か、今のところどうしようもないって結論になりませんでしたか?」

「それからも俺は対策を考えてたんだよ。あーんま、選びたくねえ選択肢だったけど……ことここに至れば、えり好みしてらんねーや。兄貴の人脈が使えれば、もっと楽なんだろうけどな」

「はあ」

わからないなりに頷《うなず》く伊織。

わからないのに頷くのはどうかと思われたが、それはどうやら彼女の性格らしかった。

人識はタクティカルベストのポケットから財布を取り出して、そこから一枚の名刺を取り出す。それは個人の名刺ではなく——どうやら店の名刺のようだった。

「あ。それって」

「おう。あのとき、あのあとで兄貴から受け取ったもんだ」

「何の名刺なんですか？　人識くんには予想がついていたみたいでしたけれど」

「あー」

あえて言葉では答えず、その名刺をテーブルの上に置く人識。

伊織はそこに記された文字を読む。

『Piano Bar』

『Crash Classic』

「ぴあのばー……、くらっしゅ・くらしっく？」

「英語っぽく発音しろとは言わないが、せめて片仮名っぽく発音しろや」

ピアノバー・クラッシュクラシックだ、と人識は言った。

「この店の経営者が、零崎一賊のひとりなんだ」

「はあ。へえ——零崎の人の中にも、ちゃんと働いてるかたがいるわけですね」

ちょっと驚いたらしい伊織。

意外だったようだ。

「ひょっとして、双識さんも働いてたりしたのでしょうか？」

「いや、あいつにはとんでもねえレベルで金持ちな友達がいてな。あんなビジネスマンみたいな格好をしてはいたが、基本的には遊び人だ」

「羨ましい生活です」

「まあ、そういう例外を除けば、そりゃ生活はしなくちゃいけねえからなあ」

「でも人識くんはニートですよね」

「ぐ……俺のことをそう表現した奴はあんたが初めてだ」

正面からずばりきついことを言われたが。

それはそれで揺るぎなき事実なので、人識には反論のしようがないらしい。

実際、サンドイッチやコーヒーは勿論《もちろん》のこと、ジャンボパフェの料金もメロンソーダの料金も、伊織の財布の中から出ているのだった。

人識がいまいち伊織に対して強気に出られないのも、それが理由のひとつと言えば理由のひとつである。

「ま、まあ」

人識は仕切り直す。

「そうは言っても、その零崎は大層な変わり者でな──普通は、こんな表向きの商売をしたりはしないもんなんだが。つーか、俺も知らなかったんだけど……俺が中学校に通っていた頃は散々文句言ってた癖に、どうして自分はおおっぴらに店なんて経営してんだよ、あの人」

「変わり者──ですか。あれ？　あ、ひょっとして、それって、人識くんがわたしを紹介するつもりだったっていう、零崎の人ですか？」

「いや、俺が紹介しようと思ってたのは、零崎一賊の中でも比較的まともだろう大将だったんだけど……ああ、大将ってのは、零崎軋識《きししき》って言って、釘バット使いの殺人鬼でな？」

「まともとは思えませんが」

「かもしんねーけど、それでもあの人よりはマシだ。正直、俺もあんまり会いたくねーんだけど……むしろ、一賊の中でもかなり会いたくない方面の人なんだけど……けどまあ、やっぱ、そんなこと言ってられねーよな」

人識は言った。

「つーわけで、伊織ちゃん。スカートの中のあれ、貸してくれ」

「あれ……スパッツですか？」

「違うわ」

「じゃあショーツ？」

「あまりにも違い過ぎて言葉がねえ」

首を横に振って、それから人識は続ける。

「わかってんだろ？　兄貴の得物《えもの》——あんたが兄貴から譲り受けたあの大鋏《おおばさみ》、『自殺志願《マインドレンデル》』だよ」

「…………」

「俺はそいつを持って——ちょっくら『少女趣味《ボルトキープ》』……零崎一賊唯一の菜食主義者《ベジタリアン》こと零崎曲識《まがしき》、つまりは曲識のにーちゃんに会ってくるからよ」

◆　◆

ピアノバー——クラッシュクラシック。

名刺に書かれていたその所在は、関西圏を遠く離れた某道某市の歓楽街に、ある時期から雨後の筍《たけのこ》の如く乱立したビル群の中の一棟、その地下二階だった。

飛行機や新幹線を使う余裕はなかった。

零崎人識はほぼ無一文。

スポンサーである無桐伊織にしたって、多少裕福ではあるものの、あくまでも女子高生である。いや、伊織はもう通っていた高校に戻ることはできないだろうから、彼女を女子高生と表現できるのは、学校側が適切な処理を済ますまでの、もうしばらくの間だけだけれど——ともかく。

そんなわけでふたりは深夜バスで目的地まで移動した。

それから昼まで時間を潰し、旅行代理店の格安プランで申し込んだビジネスホテルへチェックインする。この時点で伊織の所持金はほぼ底をついたと言っていい。

「どうしますか。一応、まだキャッシュカードはありますけれど、これを使うのは危険なのでしょう?」

「まあ、死んだことになってっからなー。あんたじゃなくて俺が下ろしてくる分には……いや、それもまずいか。まあ安心しろ。曲識のにーちゃんとの交渉がうまくいけば、当面の軍資金くらいは貸してくれるだろ」

「ふむ」

「何せ店一軒経営してるんだ。羽振りはいいはずだからな」

ある意味楽観的、希望的観測に満ちた、飲食店経営の過酷さをまるで認識していない人識の発言ではあったが、しかし、その店――クラッシュクラシックに実際に脚を延ばしてみると、あながちその考えも的外れとは言えないようだった。


立地条件には恵まれているし、さほど面積は広くないものの、綺麗に清掃されたフロア。テーブルの数は五つ――テーブルも椅子も、床にボルトで固定されているようだった。

わざと薄暗くされた照明。

テーブルの向こうに一段高くなったステージがあって――そこには立派な、黒光りするグランドピアノが置かれていた。

「…………」

伊織は自分も一緒に行くと主張したが、そこは人識が強引に説得して、ホテルで休ませている。少し前までならばともかく、今となっては無桐伊織を零崎一賊のほかの誰かに会わせていいものかどうか、人識には疑問の残るところだったし――たとえそうでなくとも。

ステージの上。

グランドピアノを前にして。

椅子に深く腰掛けて。

大きくのけぞって、開店前の店の中、天井の照明を見上げているその男——零崎曲識に、彼女を会わせるべきではないと、そう判断したのだ。

何せ——零崎曲識。

彼は、無差別殺人のみに陶酔する零崎一賊内における唯一の、限定条件つき殺人鬼なのだから。

無桐伊織は。

たぶん、その条件を満たしている——

「……曲識のにーちゃん」

「人識。か」

言って。

曲識は——人識のほうを見る。

いかにも音楽家らしい、燕尾服。

ややウエーブのかかった黒髪が相当に長く伸びていて——椅子の背もたれの後ろへと回されたその髪は、先っぽが今にも床についてしまいそうである。

人識が、曲識に会うのは久し振りである。

そもそも、あまり親しい仲ではない。あくまでも人識の兄である、零崎双識を通しての付き合いだった——双識と曲識は、不思議と馬が合っていたようだけれど。

人識は曲識のことを、昔から苦手としていた。

本当に。

こんなことでもなければ、会いたくもないほどに——

「悪くない」

曲識は——平淡な口調でそう言った。

「レンは随分とお前のことを探していたようだが——正直、僕にそんなつもりはなかったのだがな。自由にしたいのなら、自由にするべきだと思っていた。だから僕は、もうお前に会うことはないだろうと、そんな覚悟を決めていた。それなのに、お前のほうからこうして僕を訪ねてくるとは——まったくもって、悪くない」

「……無駄話に花を咲かせるつもりはねーよ、曲識のにーちゃん。それに、俺だって来たくて来たわけじゃや——」

そんな風に、人識が毒づきかけた瞬間。

突如、人識の膝が崩れる。

後ろからふくらはぎでも蹴られたかのように、その場に無様に倒れ落ち、そのまま、通常の筋肉使用ではありえないように上半身が捩《ねじ》れてよじれて——仰向けだかうつ伏せだかわからないような姿勢で、店のフロアに這いつくばらされる。

「がっ……い、痛っ……っ」

「相変わらず——礼儀がなっていないな、人識」

曲識はそんな人識を見ようともせずに、気だるげにため息をついて、言った。

「ちなみに、僕の能力を忘れていないだろうな、人識——僕は音使い。音によって他人の心理や行動を操ることができる。心身操作こそが、零崎曲識の真《しん》骨頂《こっちょう》だ」

「いやっ……て、あんた」

這いつくばった姿勢のまま、かろうじて人識は、曲識のほうを向く。

「今は音なんて出してなかったろうが……いくらなんでも、一瞬でここまで身体支配をできるわけがねえ——」

「お前は変わらないようだが」

曲識は静かに言う。

「僕は年月が経てば成長する——いつまでも昔のままの僕ではない」

「は、はあ？」

「超音波」

短く、そんな言葉を口にする。

「人の聴覚では知覚できない領域の音を、この店内では常時流し続けている——壁の内側に埋め込んであるスピーカーでな。一瞬とは言わないが、数分も滞在すれば、その身体の指揮権は僕へと移るというわけだ」

「て、てめえ——」

「そう睨むな。すぐに解除してやるさ」

曲識は人さし指を一本立てて、その指でグランドピアノの鍵盤を弾《はじ》く。二、三、音を鳴らしたところで――人識の身体の支配は、無効になったようだった。

すぐに彼は起き上がる。

「なるほどな」

と、慣れているのか諦めているのか、いきなり攻撃を受けたことに文句を言うでもなく、人識はそんな風に、納得したように頷いた。

「なんであんたみたいな風来坊が、こんな店を経営してんのかと思ったが……、ここはあんたにとって鉄壁の守りを誇る要塞ってわけか」

「悪くない」

曲識は人識の言葉に、そう応えた。

「悪くないが――まあ、正解率としては半分ほどだな。僕は音楽家だ。自分の店を持つのが夢だった。つまり二十代半ばにして、その夢はかなったというわけだ。だから要塞と言うよりは箱庭と言うべきだろうな。悪くない」

「夢ってのは宝くじ売り場で買うもんじゃなかったっけか？」

「お前は随分と夢のないことを言うんだな」

「大将なら、夢は見るもんじゃなくて見せるもんだって言うんだろうけどな――まあ、思ってたよりはマニアっぽい店だけれど、いい店じゃねえか」

「アルコールを出す店だからな。本来ならば未成年であるお前が来ていい店ではない」

「ソフトドリンクだって出すだろうよ。……従業員はまだ来てねえのか？　一人で切り盛りできる店じゃねえだろ」

「ふたりほど雇っているが――お前に殺されては敵《かな》わないからな。今日は休ませている」

「かっ。あんたみたいな奴が雇っている奴なんだ、どうせ素人じゃねえんだろうが。プロのプレイヤーだろう？」

「まあ、それなりにな」

「しかも、常時超音波を流しているってことは――そのふたりってのも、事実上あんたの支配下にあるというわけだ」

「よくわかる」

「いや、俺同様に一賊の連中とも滅多につるまないあんたが、人を雇うなんて土台、無理な話だろうからな——けどまあ、それも限定条件つきの殺人鬼であるあんただからこそ、できることか」

「悪くない。ただまあ——ピアノを弾く役だけは、誰にも譲るつもりはないが」

「へえ。そりゃまたどうして」

「僕が音楽家だからだ」

そう言って——零崎曲識は、おもむろに両手で、十本の指で、ピアノの鍵盤を叩き始めた。

複雑なメロディがフロアに響き渡る。

和音が反響し、若干うるさいくらいだった。

同じフレーズの繰り返しが多く、それがやけに耳につ いて頭の中で輪唱が起こっているような感覚にとらわれる人識——けれど、演奏をやめろと、曲識に言うようなことはしない。

音楽家は演奏を途中で止められるのを何より嫌う——と。

そう、兄から聞かされているからである。

一曲終わるまで我慢しよう。

そう判断したようだったが、しかしこの一曲が長かった。

十分はかかっただろう。

突っ立っているのに疲れたか、ちらちらと、フロアに固定された椅子を横目で見たが、曲識に退屈している自分を気取られるのもまずいと考えたようで、結局人識は、最後まで同じ姿勢で聞ききった。

もっとも、曲識は曲識でかなり陶酔して演奏していたので、人識が座っていようが寝転んでいようが、まるで気付かなかっただろうけれど。

最後の和音を聞き取って、

「傑作だぜ」

と、人識はおざなりに拍手をする。

「よくもまあ、そうも複雑に指が動くものだ。俺にゃクラシック音楽のよしあしはよくわかんねーけど、音楽家のその繊細さだけにゃ感心させられるものがある」

「悪くない」

曲識は、人識からの褒め言葉に、そう応じる。

「お前の拍手も、悪くない——だがまあ、僕の望んでいる拍手とは違うな」

「あん？」

「何でもないさ」

「……あ、そ」

完全マイペースな男である曲識相手にあまり突っ込んだ会話をする気もないようで、人識は会話を切り上げた。

「で、さっきのは誰の何て曲なんだ？　俺はクラシックは、ベートーベンとかモーツアルトとか、あの辺の有名どころしか心得てねーけど」

「僕の作曲だ」

曲識は言う。

「作品№１４２——『鉄棒』」

「へえ？　ああ、そういやあんた、作曲もするんだったな——つうか、考えてみりゃ、あんたが他人の曲を演奏するところなんて見たことなかったわ。悪かったな、クラシックなんて言っちまって」

「悪くない。クラシックというのは音楽家にとってどんな場合においても褒め言葉だ」

「そうか？　クラシックって、古典って意味だろ？　穿《うが》った見方をすりゃ、古臭いって言われているようなもんじゃねえか」

「違うな。クラシックとは、本来一級という意味だ。そのような作品が古典にしか存在しないから、それらがイコールで結ばれたに過ぎない」

「へえ」

人識は笑う。

この店の名前を思い出しているのだろう。

ピアノバー、クラッシュクラシック。

英語の用法としてはそもそも間違っているが、恐らく古典を破壊する――的な意味合いと見えるこの言葉は、曲識にとってはそうではないらしい。

一級を破壊する。

そんな意味が込められている――ようだ。

「ま、どっちでもいいけどな。しかしあんた……その髪、ちょっと伸ばし過ぎじゃねえか？　動きにくそうにさえ見えるぞ」

「お前こそ、髪を切ったようだな。前に会ったときは、後ろで縛っていただろう」

「これはつい数日前に切ったばかりだ」

襟足を触りながら、人識は言った。

「切られた――と言うべきか」

「ほう。お前の髪を切るとは大した奴もいるものだ。お前の実力を、僕は高く評価しているのだが――思い出すな。お前と初めて共闘したときのことを。どこかの遊園地だったか？」

「あんとき、俺は何もしてねえけどな」

「あれからもう五年くらい経つか……生まれたばかりの子供が、もう幼稚園だ。九十歳の老人なら死んでいる」

「不謹慎なことを言うな」

そんなのわかんねえだろうが、と人識は突っ込む。そもそも殺人鬼同士の間で交わされる会話に、不謹慎も何も、あったものじゃないが。

「……まあいいさ。それで？　何の話だったかな――義手、だったか？」

突然に、曲識は本題に入った。

会話の繋《つな》ぎ方に脈絡がない。

どうやら相当の音楽的才能に恵まれているらしい彼ではあるが、その点においては、あまり器用なほうではないらしい。

「詳しい話は会ってから、ということだったが」

「ああ――まあ、まずはこれ」

人識は、タクティカルベストのポケットから、伊織から預かってきた大鋏――『自殺志願《マインドレンデル》』を取り出した。

大鋏と表現してもまだ足りないほどに、巨大な鋏。鋼《はがね》と鉄とを鍛接《たんせつ》させた両刃式の和式ナイフを二振り、螺子《ねじ》で可動式に固定した合わせ刃物。

人識の兄。

零崎一賊の特攻隊長――『二十人目の地獄』こと、零崎双識の使っていた得物であり。

今は伊織が、受け継いでいる凶器だ。

「証拠の品、ってことで」

「証拠の品か」

「ああ。ちゃんと兄貴の許可を得てから、俺はこの店に来たって証明だ。そうでもなきゃ、兄貴が俺にこの鋏を預けるわけねえよな？」

「ふむ」

頷く曲識。

「まあ、そもそも、一賊の中で、僕がここで店をやっていることを知っているのは、レンとアスだけだからな――お前がこの店に来られるとしたら、それはレンの紹介でしかあり得ない。わかった、信じよう」

「サンキュ」

そう言って人識は、大鋏をそそくさと、ポケットに仕舞い直す。

「それで、義手が欲しいんだったな？　確かに、僕の人脈の中に、義体を扱っている者は数人、いないでもないが……しかし、お前だってそれくらいの知り合いはいるだろう」

「まあ、訳ありでな。俺の人脈は全部使えなくなったと思ってくれ」

「うん？」

「ありていに言えば、俺は死んだことになってるほうが都合がいいんだ――だから俺がここに来たことも、できる限り他人に吹聴しないでくれると助かるね」

「別に、元より吹聴するつもりもない。その上、レンの紹介ならば僕にとっては是非もないが……、しかし、事情は聞かせておけ。見たところ、お前の両手は健在だ――それなのにお前が義手を欲する理由が僕にはわからない」

「俺じゃなくて、俺の――」

と。

言いかけたところで、言葉に迷う人識。

無桐伊織。

彼女のことをどう表現すべきか、躊躇したのだろう。妹で、兄で――いや。

「恋人」

「ん？」

「恋人、恋人――恋人だ」

「…………」

「実は俺、最近バンド活動を始めてよ――その繫がりで知り合った女なんだけど、これが妙に趣味が合ってだな――」

「…………」

ばん、と。

ピアノの破壊を目論《もくろ》んだのではないかというくらいの勢いで、曲識は十指を鍵盤に叩き付けた。でたらめに指を振り下ろしたように見えて、どっこい和音が綺麗に響く。

「悪くない」

そして――

曲識は、初めて人識のほうに顔を向けて、「おめでとうと」と、祝福の言葉を投げ掛けてきた。

「おめでとうと言わせてもらうぞ、人識――まさかお前に恋人ができるとはな」

「い、いや、彼女くらいなら、これまでにもいたことあるけど」

「お前は一生、誰のことも好きにならないのだと思っていた――レンも随分とそれを心配していた。だがまさか、お前の口から恋などという言葉を聞くことがあろうとは。僕は久し振りに、胸の高鳴りを感じている」

クールな振る舞いからはとてもそうは感じられないが、しかし、曲識は心からそう言っているようで、真っ直ぐに人識に視線を向けている。

「それに、お前がバンド活動を始めたとは知らなかった。どうだ、人識。音楽は素晴らしいだろう」

「あ、ああ——」

自分の言った言葉に対する、曲識のあまりの食いつきのよさに、軽く引いている人識だった。

だが、いつまでも引いてはいられない。

「どんな音楽をやっているんだ。さっきの話からするとクラシックではないのだな。軽音楽か？　まあ、若い内は何でもやればいいさ。お前はどんな楽器を演奏する？」

「ま……まあ、あれこれ、色々と」

「そうか。オールラウンドプレイヤーか。お前らしいな。悪くない」

「いや、それが悪いこともあってさ。その女がな、事故で両手を怪我しちまって、切断を余儀なくされたんだ。音楽家にとって、両手を失うことがどれほどの痛手か、あんたならわかるだろう？」

「勿論だ。……そうか。だから義手を欲するのか」

一人合点する曲識。

表情は真剣そのものである。

音楽を誰より愛する殺人鬼——零崎曲識。

「わかった。僕に任せておけ。最高の義手を用意してやろう」

うし、と。

曲識のその言葉を聞いて、言質《げんち》を取ったとばかりに、こっそりと拳を握り締める人識。

言うまでもなく。

人識が今、曲識に語った『事情』は大半が嘘である——否、真実はひとつたりとも含まれていないと言っていい。

十中八九事実と違い。

一から十まで嘘だらけ。

全体的に大嘘もはなはだしかった。

すべて、このマイペースで、天然で、思い込みの激しい音楽家から、必要な情報を引き出すためのブラフだった。咄嗟《とっさ》に舌先三寸口八丁で、曲識の気に入りそうなストーリー（恋人だとか、バンド活動とか）をでっち上げたのだ。

　ブラフという言い方が適当でないなら――そう。戯言《ざれごと》とでも言うべきか。

　思いの他効果が絶大だったことは、人識にとっても意外だったようだが……。

「この店の常連客のひとりに、丁度いい人物がいる……『彼』ならば、どのような義手でも用意してくれるだろう」

「店の常連ね……やっぱこの店、経営者が経営者だけあって客層もまともじゃないんだな」

「それは偏見だな。まともな人間もいるぞ。割合としては、まあ半々といったところかな。今日は……もうすぐ開店時間だからさすがに無理だが、明日。明日、もう一度、同じ時間にここに来い。『彼』を呼んでおいてやろう。僕と、ふたりの従業員は席を外すから、交渉はお前が直接行なえ」

「まあ、そりゃそうさせてもらうけどな。でも、言いにくいんだけど、俺、手持ちがさ――」

金がマジでねえんだよ、と。

　義手の件は半ば片がついたとみて、続けて金子《きんす》の無心に入ろうとした人識を、皆まで言うな、と、曲識は制する。

「お前のなりを見れば、どのような生活を送っているかは想像がつく。……まったく、レンの真似をしろとは言わないが、お前もパトロンのひとりでも見つけたらどうなんだ？」

「今んとこ、そういうのはなあ」

「だが心配しなくていい。彼は――金銭を欲しないタイプの人間だ」

「…………」

　それを聞いて、人識の顔が露骨に曇る。

　普通ならば、お金がいらないと聞けば喜びそうなものだが――しかし、この場合、この世界においては、そんな常識は存在しないからだ。

　金銭を欲しない。

　それは――他の何かを欲するという意味だ。

それも恐らくは、ろくでもない何かを。

「……ちなみに、あんたは？」

「うん？」

「あんたは——紹介料っつーか仲介料っつーかを、俺から取る気はないのか？」

「ああ、そうだな……それがあった。しかし、『親戚の男の子』にそんなものを要求するというのも大人気ない話か……いや、そうだ、丁度いい」

そう言って。

曲識は椅子から立ち上がり、少し離れた場所にあったキャビネットまで歩いていって、その引き出しから一冊のノートを取り出した。

そして人識のほうに——ようやくというのか——歩み寄って来て、そのノートを手渡す。

「これはな——最近、僕が作曲した曲だ」

「あん？」

「仲介料代わりだ、人識。『彼』から無事に義手を受け取ることができた暁には——この曲を演奏して、僕に聞かせてくれ」

「は？」

「バンド活動を始めたんだ。丁度いいだろう？」

「…………っ！」

そんな言葉に——人識は、手渡されたノートを、恐る恐る開く。

五線譜が引かれたノート。

音符が、あたかも血飛沫のように全体に散っている。

「作曲、零崎曲識——作品№２００、『ぎっこんばったん』だ」

◆　◆

翌日。

言われた通りに、同じ時間に――零崎人識は、零崎曲識の店を訪れた。受け取っていた合鍵でドアを開け、勝手に内へと這入《はい》る。ちょっと前までは、この程度の鍵はどうにでもすることはできたのだが、今の人識にはそれは不可能である。とある最強に、そのための道具立てを奪われてしまっていた。

伸ばしていた髪同様。

人識自身がどう思っているのかはともかくとして、それはそれで、やはり皮肉でも韜晦でもなく、安い代償だったのだろう。

ともかく。

安い代償と言うなら――今の状況も、人識にとっては、そう悪いものではないはずである。

久し振りに会う曲識は思った通りに義体を扱うプレイヤーを知っていたし、結果として人識の口車に乗せられて、その人物を紹介してくれることに相成ったのだ。

悪いものであるはずがない。

曲識風に言うなら――悪くない、のである。

人を紹介してもらおうというのに嘘をついたこと――嘘しか言わなかったことについて、人識はこれっぽっちも罪悪感を持っていないだろう。

実際。

兄の名前をああいう風に利用したり（零崎曲識が、一賊の中でとにかく変人扱いされていた零崎双識に、何故か強く傾倒していたことは、人識のよく知るところである）、無桐伊織をバンド仲間としての恋人として語りでもしない限り、あのマイペース――露骨な表現をすれば偏屈者の零崎曲識に、口利きをしてもらうことなど不可能だったろう。

まあ、それでも、不安材料は残るというか、紹介されるその人物がどのようなキャラクターであるかがわからないのだけど――それに。

渡された楽譜のこともあった。

バンド活動を始めたという虚言を本気にした曲識から手渡された、一冊のノート――

「なんですか？　これ」

と。

昨夜、ホテルに戻った人識が、その楽譜帳の中身を見せると、無桐伊織はそんな風な反応をした。

不思議そうに首を傾《かし》げていた。

至極真っ当な反応と言えただろう。

「随分と……、音符の数が多いですね」

「あんた、楽譜は読めるか？」

人識は伊織にそう質問した。

「曲識のにーちゃんの前ではうまく誤魔化したけれど、俺は素人レベルにしか、こういうのは読めなくてよ――けど、一応、話を合わせるために、ちょっとはその曲、理解しておきたいんだけど」

「ふうむ」

右から眺めたり左から眺めたりして。

それから伊織は、

「まあ、ピアノの楽譜だってことくらいはわかりますけれど……」

と言った。

「わかるのか」

「わかりますよ。わたしの通っていた学校って、音楽の授業に力を入れていましたからね。文武両道といいますか」

「音楽ってのは文でも武でもなさそうなイメージだけど」

「文化の文です」

「あ、そっか」

「ちょっと、ページをめくってもらえますか？」

「おう、わかった」

「ついでに肩を揉んでください」

「おう、わかった」

人識は伊織の背中に回って、言われた通りに彼女

の肩を揉んでから、

「って、なんでだよ」

と突っ込んだ。

意外と付き合いのいい殺人鬼である。

しかし伊織のほうは大してボケたつもりもなかったのか、人識のそんな反応を無視して、見開きの五線譜をじっくりと、穴が開きそうなほどに見ていたのだった。

「……いや、ていうか」

そして言った。

「作品№200……『ぎっこんばったん』でしたっけ？」

「ああ。ちなみに『ぎっこんばったん』ってのは、英語で言うところのシーソーな。あの人、自分で作曲した曲に、公園にまつわる名前ばかりつけるんだよ」

「はあ。けど作品№200って……公園に関する名詞って、そんなにありましたっけ」

「さあ。俺も曲識のにーちゃんの曲を全部把握してるわけじゃねえし、世界にゃ色んな公園があるしな。わかんねえよ」

「そうですか。まあかく言うわたしも、シーソーを日本語で『ぎっこんばったん』と訳すとは知りませんでしたしね。確かにシーソーって、ぎっこんばったん、いいますね」

「もうひとつちなみに、シーソーの綴りは『seesaw』、『see』が『見る』で『saw』が『見た』、粋に訳せば『見えたり見えなかったり』みたいな感じだ」

「ふむ。見えたり見えなかったりですか。そう言えば学校で階段を昇っていると、後ろで男子がそんなことを言っていましたね」

「それこそあんた、スカートの中を覗かれてんじゃねえかよ」

「まあ、タイトルはどうでもいいんですけれど……、人識くん。こんな曲、弾けっこありませんよ」

「弾けっこない？」

人識はそう言われて、口元をゆがめる。

「いやまあ、難しそうな曲だってのはわかるけどよ。２００とかいうキリ番だから気合入れて作曲したのか、わけわかんねえほど入り組んでるもんな。右手のパートだけでも、俺には弾けそうもねえ」

つーかそもそも、右手と左手でここまで違う動きをしようってこと自体、俺には信じられねえ——と、人識は言った。

左右両手で、自由自在にナイフを使う殺人鬼であるところの人識をしてそこまで言わしめるのは、それだけこの曲の難易度を窺わせた。

しかし。

伊織は——

「そうじゃなくって」

と。

どうも、それ以上のことを言いたいようだった。

「こんな曲——それこそ、指が十本じゃ足りませんよう」

「…………」

「指運びのことなんてまるで考えていない作曲ぶりです——わたしもまあ、偉そうにいえるほどピアノに対する知識があるわけじゃありませんけれど、人間の指が十本である以上、この曲を演奏することは不可能です」

「へえ——」

「世の中には肘まで使ってピアノを弾く演奏家のかたもいらっしゃるようですが、この『ぎっこんばったん』は、そんな弾きかたをしても無理でしょうね。たとえばここを見てください」

伊織は（両手が使えないから）、楽譜に顔を近付けて、舌でもって、楽譜の該当箇所を示した。

「和音は和音ですけれど……人間の指って、ここまで広がりませんよ。ぎりぎりできたとしても、ここで張り詰めるほどに手を開いちゃったら、次の音に繋ぐことができませんし。それに、この辺りの一連の流れ……ここで指定されているような速度で指を運ぶことは物理的に不可能です」

「物理的に」

「レクター博士は六本指だったそうですけれど、そうでもない限り、厳しいですよねえ。いや、六本指でもきっと不可能でしょう。これはピアノ曲として——成立していません」

「…………」

多少の心得はあろうと、伊織は専門の音楽家ではない。

逆に、その専門でない人間でも断言できるほどに、あの楽曲は楽曲として破綻しているということなのだろう。

「ひょっとしたら、失敗作を押し付けられたってことなのかな……まあ、それならそれでいいけどさ。どうせ、別に馬鹿正直に、約束を守るつもりなんかねーんだし」

昨夜のことをそんな風に思い出しながら——人識は後ろ手でドアを閉める。鍵は開けっ放しにしておいたほうがいいと判断したのか、あえてかけ直さない。

「こっちは義手さえもらえりゃ、それでいいんだからら——それまで誤魔化せりゃいいだけだ。元々全部嘘なんだ。そもそも普通の難易度の曲でも弾けっこねえ。先に義手を受け取りさえできりゃ、そのままとんずらだ」

体面というものもある。

守れる約束なら守ろうとも思っていたが、それが不可能とわかれば、そこに拘泥する必要はまったくない。

それが人識の判断だった。

「……つーか、俺は俺で何やってんだって感じだけどな——今頃はもう飛行機を降りて……いや、船を使ってたかな……どっちにしても、もうとっくにアメリカについてる頃だよな」

ったくらしくねえ、と呟く。

「あの戯言野郎の影響かね……だとしたら大層な傑作だぜ。ナイフはあらかた失うわ、赤い女には変な約束を取り付けられるわ……災難っつーか、なんつーか。まあいいさ。義手さえ手に入れてやれば、あの女を見捨てたところで兄貴も文句を言いやしないだろう。曲識のにーちゃんだけじゃねえ。とんずらは、伊織ちゃんに対しても同じことだ」

そう言いながら——短い廊下を歩み終えて。

人識はフロアに至った。

がらんとしたホール。

五つのテーブルと、それぞれに椅子。

ステージの上にグランドピアノ。

そして——その人物は、既にフロアにいた。

テーブルのひとつに腰掛けていた。

「…………」

先を越されたか、と人識は相手に聞こえないように独りごちる——できれば相手よりも先に、この場にいたかったのだろう。イニシアチブという意味では、そちらのほうがよかったに違いない。

彼もまた——曲識から合鍵を預かっていたのだろうか。

いずれにせよ、入り口のドアを開けっぱなしにしてきたのは無駄になってしまったわけだ。

「よう」

と。

とりあえず、人識は——挨拶をした。

目の前の人物に。

薄暗い店内においても、はっきりと存在感を示している——その人物に。

ピアノバーにはやや不似合いな、着物姿である。はかまに足袋《たび》、草履まで履いている。ただ——彼はその和装とはちぐはぐに見える黒い手袋を嵌《は》めていて、しかも足下には鉄製の巨大なトランクをふたつ、置いていた。

髪を短く刈り込んだ、壮年の背の高い男。

名前くらいは既に曲識から聞いている。

罪口積雪《つみぐちつみゆき》——だ。

そしてその名前を聞いてしまえば、職業までもはっきりする。

罪口。

『呪い名《まじな》』序列二位・『罪口』。

罪口商会。

平たく言えば武器職人の集団である。

「罪口さん――だよな？」

人識の、念のための確認の問いに、

「ええ」

と、その和装の男――積雪は頷いた。

「罪口商会第四地区統括――罪口積雪です。おっと、あなたは名乗らなくて結構ですよ、少年くん――私は職業柄、顧客の個人情報はなるたけ把握しないことにしています」

「………………」

「曲識くんの紹介ということであれば、それだけで是非はありません――まあ、少年くんという呼ばれ方がお嫌でしたら、別のパターンを考えますが？」

「別に――名前なんかどうでもいいってのは、俺も大いに同意するところだぜ」

「それは重畳《ちょうじょう》」

嬉しそうに微笑んで、頷く積雪。

しかし人識の気分は、そんな笑顔を見ても、まるで穏やかなものにはならない。

それも無理からぬことだ。

人識の属する零崎一賊は『殺し名』の中、序列こそ三位であるものの、忌み嫌われ度では群を抜いて一位である。しかし、『殺し名』ならぬ『呪い名』――戦闘集団ならぬ非戦闘集団の彼らの中で序列二位に位置する、『罪口』は、忌み嫌われ方の質が違う。

確かに零崎曲識の『音使い』としての能力は、『殺し名』よりは『呪い名』に近いものだが――それでも。

「まさかあの少女趣味のにーちゃんが、リアルでそっちの世界の人間と知り合いだとは思わなかったぜ――聞かされたところで、今の今まで半信半疑だったけどな」

言いながら、人識は、積雪の待つテーブルのところまで歩いていって、そして脚を組みながら、席についた。

「で、だ。罪口さん——幸い、あんたは商談前の雑談が嫌いってタイプみたいだから、早速本題に入らせてもらうけれど、頼んだものは持ってきてくれたか？」

「ええ」

積雪はにっこりとしたままで、人識を見る。

人識の——両手を。

「女物の義手を両手分——ということでしたね。身長、体重、年齢なども、既に曲識くんから聞いています。しかし、解せませんね」

「あ？」

「あなたはどう見ても男性ですし、それに両手ともに無事ではありませんか」

「ああ……曲識のにーちゃんは、どうも言葉が足りねーな。義手を欲しがってるのは俺の——」

また言葉に迷ったけれど。

嘘はつき通すしかないだろう。

こんな嘘をついていることを伊織に知られたら、何を言われるかわからないが。

「——恋人だよ」

「いいですね。羨ましい。きみ達の恋路の手助けができるのだと思うと、年甲斐もなく心が弾みますよ」

「……罪口がよく言うぜ」

「そう嫌わないでください。これも仕事上の確認です。で、これをまず言っておかなくてはならないのですが、義手を使うのが、少年くん、たときみの恋人さんだとしても——こうして私と対面するのがきみである以上は、私の顧客はあなたということになります」

「ああ。そうだろうな」

「ですから当然——代償を払うのはきみの恋人さんではなくきみ自身ということになりますが、それは構いませんね？」

積雪は笑顔のままでそう言った。

代償。

代金ではなく——代償。

ぞっとするような言葉だが、しかし、人識は曲識から話を聞いた段階で、そして罪口の名を聞いた瞬間に、十分に覚悟していたことである。

「構わねえよ」

「そうですか。では」

と。

積雪は遅ればせながら椅子に腰掛けて、そして足下に置いていたトランクの内、ひとつを持ち上げて──テーブルの上に置いた。

そして蓋を開ける。

果たせるかな、クッションに包まれた、二本の黒い義手が──トランクの中には入れられていた。

人の手を模していない。

肌を再現しようなどという造りではない。

鋼製であることを隠そうともしていないむき出しの骨組み。

しかし──恐ろしく精巧で。

そして美しいフォルムの──黒い手だった。

「さすがは、武器職人──」

さすがに息を呑んだように、素直に感嘆の言葉を吐き出す人識。

「──並の義体師なんて、目じゃねえな。俺の知っている義体師でも、相手も見ずに、ここまでの義手を作れるかどうか──」

いや。

たった一日で用意したことまで考えると──このレベルを求めることのできる相手など、『罪口』以外にはいないことは明らかだった。

まあ、『失った身体を取り戻そう』という義体と、この鋼の義手は、対極に位置する思想の成果だろうけれど。

「──文字通りに、傑作だぜ」

「お褒めにあずかり光栄の至りです」

礼は言うものの謙遜はしない。

それは一流の職人の証とも言えた。

「トランクのポケットに取り扱い説明書は入れてお

きましたが——それに、義体師のお知り合いがいらっしゃると言うのなら釈迦に説法かもしれませんが、一応、口頭で簡単に説明しておきましょう。この義手、五指すべてを思い通りに動かすには、使用者の神経や筋肉と正確に接続することが不可欠です。その辺りの術式は、まあきみも零崎たる曲識くんの知人なのです、わざわざ医者を呼ぶまでもなく、自分でできなくもないでしょう」

「まあ、俺は器用だからな」

人識は頷く。

「それに、ブラックジャックは全巻読んでる」

「ではそのように」

「……しかし、よく見りゃ、少し長めじゃねえか？この義手」

「機能を維持するためにはこの大きさが最低限でしてね。なあに、義手が長くてもてあますようならば、腕のほうを切って調整すればよいでしょう」

恐ろしいことをさらりという積雪。


この辺りは『呪い名』一流の価値観だ。

いや——

その程度のことは、『殺し名』でも言うだろう。どの道、神経や筋肉を接続するためには閉じた傷口をもう一度開かねばならないのだ。ならば新しい傷口を作るために刃物を振るうのも、正しい選択のひとつだろう。

だから。

『呪い名』の『呪い名』たる所以《ゆえん》は——代償、である。

「神経系を繋がなければならないことからもわかるよう、取り外しが自由になるタイプの義手ではありません——防水加工その他は過剰なまでに施されていますから、金属疲労を起こし、腕として使い物にならなくなるまで、着脱は不可能です。いえ、やってできないことはありませんが、その都度、地獄の痛みを味わうことになるでしょう」

「見た目、重そうだが……重量は？」

「人間の腕よりもずっと軽いですよ。合わせて二キロもありません。特別に鍛錬した鋼で形成した手ですからね――そしてその上で、人間の手よりもずっと丈夫です。そのまま武器にもなりますよ」

「つーか、元々武器なんだろ、これ。あんた、武器職人なんだから」

「まあ、そうですね。しかし、これでは物足りないと思うかたも多いようでして――オプションのアタッチメントは幾らでも追加できますから、お望みの際は申しつけください」

「その際は、追加の代償が必要ってことか」

「勿論」

「で――その代償ってのは？」

一番聞きたくないこと、しかし一番聞かなければならないことを、人識は訊いた。

罪口積雪はにっこりと微笑んで。

「私はね」

と言った。

「よくも悪くも、武器を作ることにしか興味のない人間です――顧客情報云々も、職業柄がどうとかいうより、実際のところ、ただ単に興味がないだけなのです」

「…………」

『罪口』として。

それは何も――特殊なことではないのだろう。さして異常な性癖を告白しているという風もなく、積雪は淡々と続けた。

「お金なんていうのは、武器開発に必要なだけ、もらえるところからもらえばいい――むしろ一般客からは、お金以上に価値のあるものをいただきたいと思うのですよ」

「もったいぶるな。何が欲しい？」

「たとえば、きみの身体」

「…………」

ドン引きの表情を見せる人識に、苦笑してみせる積雪。そして言いつくろうように、「誤解しないでくださいよ――」と言う。

「きみの貞操を欲しているわけではありません。私に少年愛の趣味はありませんよ。その点では、曲識くんとは趣味が合わないのですよね——音楽の趣味はあんなに合うというのに。私——彼の音楽の熱烈なファンでしてね。武器を作ることにしか興味のないはずの私をこうも魅了するのですから、見事なものです」

「あんたとにーちゃんとの関係なんてどうでもいい。それよりもどういう意味だよ。俺の身体っていうのは」

「ふふ」

言って。

まずはテーブルの上のトランクを閉じ、それから、足下に置いてあったもうひとつのトランクを、入れ替わりにテーブルの上に載せた。

そして開ける。

その中身を——人識は見た。

「……なんだこりゃ？」

「見ての通り——ブラックジャックですよ」

積雪は人識の質問に答えた。

「きみが全巻読んだというブラックジャックとは、違いますけれどね」

その通りだった。

トランクの中に入っていたのは皮袋である。

くすんだ肌色をした、大きめの皮袋。

持ち手が刀の柄《え》のようになっている。

武器というなら、当然、これも武器。

とは言え、片手で扱うには若干手にあまりそうな武器だった。

「通常、武器としてのブラックジャックが意味するのは、中身に鉛や砂を詰めた皮袋のことです——身体の外面に損傷を与えず内面に損傷を与えることができるという、まあ、特殊な特徴を持つ武器ですね」

「ああ……知ってるよ」

人識は慎重に頷く。

「しかし……罪口商会の人間であるあんたの作った

武器なんだ。それだけじゃないだろう？」

「ご明察ですね、少年くん。武器職人としての私の最近のテーマは——如何《いか》に痛みを与えず、かつ苦しみを与えるかということなのです」

平然とした顔で、積雪は言う。

「言うまでもなく痛みと苦しみは違うものです。言い換えるなら、肉体にダメージを与えずに精神を折るための武器……ということでしょうか？　衝撃のみを体内に残すことができる武器。まあ、実を言いますと、最近は主に拷問《ごうもん》活動を営む墓森《はかもり》の皆さまから仕事を請け負うことが多くて。ですから、必然、私の武器職人としての方向性もそちらを向いてしまうというわけですよ」

「つまり、これは拷問用の——器具か」

「ええ。勿論、普通のブラックジャックでは拷問には適しません——あれはどちらかと言えば、携帯性に優れた暗器としての凶器ですからね。しかも身体の内面にダメージを残しますから、意外と致死率が高い。拷問器具とは言えませんね」

「あんたの作ったってこれは——大きくて、ハンディさはまるでないな」

「ええ。両手でなければ扱えませんよ。これはですね——動物の皮でなく人間の皮で作られているのですよ」

「！」

料理の素材を説明するかのような口調で言われたその言葉に、絶句する人識——しかしそんな人識に、更に自慢話をするように、はにかんで続ける積雪。

「人間の皮を何重にも重ねて、何度もなめして——ね。そして、中身には鉛や砂ではなく、人間の血液を使用しています。臭いはなるべく消していますが、近付けばわかっちゃいますかね？　まあ、強いて言うなら、人間を材料にして作ったブラックジャックという感じです」

「……何のために、そんなことを」

「人間にできるだけ近い素材のブラックジャックを作りたかったからですよ。言うなれば人型ブラックジャック。液体と液体、気体と気体が混じり合うように、これならば理論上、対象を打ったときに、痛みを最小限に衝撃のみを通し、苦しみだけを対象に与えることができる——はずなのですが」

　積雪はトランクの中身を一瞥してから、

「残念ながら、まだ試行錯誤の段階でして」

と続けた。

「この辺りで実験をしてみたいのですよ」

「…………」

「個人情報に興味はありませんが——きみは戦う者なのでしょう？　少年くん」

「……つまり」

　ここで人識が思い出すのは——連想せざるを得ないのは、かつて友人だったこともある殺し屋、匂《におうの》宮《みや》出夢のことだろう。

　匂宮出夢。

　殺戮奇術集団匂宮雑技団、団員No.18。

　第十三期イクスパーラメントの功罪の仔《バイプロダクト》。

　あまりにも暴虐で——あまりにも残虐だった、あの存在。

　彼は殺し屋でありながら、その目的を見失っているかのように、とにかく人識に突っかかってきた。

　最初はわけがわからなかった。

　しかし、今の人識には、その理由がわかっている。

　あれはあれで——業《ごう》なのだ。

　匂宮出夢は殺戮中毒《ワーカーホリック》だった。

　戦い続けなければ生きていけなかったのだ。

　殺したり殺されたりしないと、出夢は生きていけなかったのだ。

　だから——遊び相手に、人識を選んだ。

　選ばれた人識としてはたまったものではなかったが、しかし、出夢のあれに付き合いきれるのは、人識くらいのものだったろう。

　ああいう人間は——存在するのだ。

そして——目の前の男。

罪口積雪もまた——確実に、そちら側の人間だということなのだろう。

「武器の性能チェックをしてえって——そういうわけか」

「飲み込みが早い。助かりますね」

「あんたとここで、戦えばいいのか？　それとも、場所を変えるのか？」

一応、そう訊いてみたものの——場所を変える必要はないだろう。

既に積雪は武器を示した。

商品も示した。

差し出すべき代償も、その理由も示した。

だから。

「…………」

人識は——裸に直接タクティカルベストという、あの格好のままである。タクティカルベストにはポケットが多くあるが、しかし、そのどれにも、ナイフは入っていない。

ナイフはあらかた失った——のである。

それに、伊織から預かっていた『自殺志願《マインドレンデル》』も、昨夜の段階で、既に彼女に返していた。

あれは自分が持っているべきものではない。

あれは無桐伊織のものだ。

それが零崎人識の意見だった。

だから。

今の人識は——丸腰もはなはだしかった。

「……まあいいか。なんとかなるだろ」

そう言って。

人識はゆっくりと、席を立った。

「いいぜ、構わねえぜ——そういうことなら話は早い。武器の性能チェックだかなんだか知らないが、やろうってんならやってやる。あんたはついてる——その義手を受け取るためにゃ、あんたを死なせるわけにゃいかないからな。殺さず解《ばら》さず並べず揃えず晒《さら》さず済ませてやるよ」

「え——ちょっとちょっと、勘違いしないでくださいよ」

しかし。

人識の態度に、やや焦ったように、積雪は両手を振った。

「戦うだなんて、そんなこと、するわけないじゃないですか」

「あ?」

「さすがは『殺し名』である曲識くんの関係者ですね、考え方が乱暴だ——戦う必要なんて全くありません。どうしてそういう発想になってしまうんですかね——私はあくまでも、この武器の性能をチェックしたいだけなのですから」

罪口積雪は。

非戦闘集団『罪口』の彼は、とても困ったように。

しかし、にっこりと微笑んで——こう言った。

「少年くん。きみはただただ一方的に無抵抗で、この人型ブラックジャックによる私からの殴打を、その身体で受け続けてくだされば——それでいいのですよ」

◆　◆

それからきっかり三時間後。

零崎人識は上半身裸の状態で、ピアノバー・クラッシュクラシックのフロアの床に、大の字になって倒れていた。

この店の床を二日連続、全身で味わうことになってしまったわけだ。

武器職人・罪口積雪の姿は既にない。

三時間。

積雪は本当に間断なく人識の身体を殴り続けて——とうとう人識が口から血を吐いた段階で、その拷問器具、人型ブラックジャックの性能チェックは終了したのだ。

几帳面そうに、懐《ふところ》から取り出したノートへ書き込

みをしながら、

「ふむ……やはり、素材が生物由来であるだけに、繰り返しの使用に耐えうるタイプの武器にはなりませんでしたね。それに、どうしたところで多少の内出血は避けられませんか……理想的には、外部も内部も、一滴たりとも出血させて欲しくないのですけれど——三時間程度の打撃で血を吐かせてしまうようでは、拷問器具としては不完全です。少なくとも墓森の皆さまに満足していただけるレベルには、まだ達していませんね。まあ、しかし……、この武器を、対象の家族や友人を素材として製作する、などの補策を講ずれば、対象に与える精神的ダメージはそれなりに増大するでしょう。それに、これだけ殴打を繰り返しても対象がショック死に至らなかったという点は大きなプラスポイントになります。ま、試作段階としては十分に及第点ですね」

と、確認するように呟いて。

武器製作以外に興味がないという言葉はそのまま真実だったのだろう、倒れている、顧客であるはずの人識に一瞥もくれず、感謝の言葉は勿論、別れの言葉さえも述べずに、合鍵をテーブルの上に置いて、店から出て行った。

「……傑作だ」

薄暗いはずの天井の照明を、とても眩しそうに見ながら——人識は、苦笑と共に呟いた。

「何が及第点だ……信じられねえ。拷問器具としてこれ以上なく完璧だっつーの……」

顔面も含めた上半身が、完全に紫色に変色してしまっている。人識を特徴付ける刺青さえかすんでしまうほどだった。

多少の内出血どころの話ではなかった。

それでも骨折はしていない。

靭帯《じんたい》その他も無事だ。

内臓も——血を吐きこそしたものの、それほど傷ついてはいないらしい。

それに。

「それに何より、意識を失うことができねえってのが傑作だ……、痛みと苦しみが違うってのは、こういう意味か……打撃死は勿論、ショック死もできねえってのは、すご過ぎる。冗談じゃねえぜ、あいつ……」

起き上がろうと思えば起き上がれるだろう。

少なくとも肉体的にはそれは可能だ。

しかし、精神的にそれができないようで——人識は寝転がったままの姿勢で、首だけを動かした。

テーブルの上。

トランクがひとつだけ、残っていた。人型ブラックジャックのほうは積雪が持って帰ったが——彼は約束通り、義手を置いていってくれたらしい。

武器職人——罪口積雪。

「……まあ」

とにかく。

これで目的は果たした——と。

人識が、さほど達成感もなさそうにそう言ったとき、彼の耳に聞こえてくる音があった。


ステージのほうからだ。

今度は首をそっちに向ければ。

「——悪くない」

と。

いつの間にか、零崎曲識が、グランドピアノに向かって——鍵盤を叩いていた。先日とはうって変わっての、ゆったりとした、優しく物静かなメロディである。

「作曲、零崎曲識——作品№74、『土管』」

「…………」

「鎮静効果を含んだ曲だ——今のお前にはぴったりだろう。悪くない」

見た目、人識がとても無残なことになっているというのに大して気にした風もなく——普段通りのクールな口調で、曲識はそう言った。

人識はそれほど曲識と親しいわけではなかったが。

しかし、双識でさえ、この男が感情を乱したところをほぼ、ひょっとするとまるで、見たことがないと言っていた。

　ならば人識程度がこんな目にあったところで――彼の心は動かないのだろう。

　そう思わせる、曲識の態度だった。

　しかし。

「……驚いたぞ。人識」

　と、彼は言った。

　とてもそうは見えないが――そう言った。

「お前のことだから、途中で音《ね》をあげると思ったがな――いや、昔のお前なら、そもそも積雪さんのあんな要求を、受け入れさえしなかっただろう。義手は目の前に既にあるのだ。殺して奪うのが、お前のやりかただったはずだ」

「…………」

「昨日の言葉を撤回させてもらおう。変わったな、人識」

「……知った風なことを言ってんじゃねえよ」

　人識は忌々しげに呟く。

「ところで、曲識のにーちゃん……、この店に常時流れてる超音波とやらで、俺の身体を強化したり、あいつの打撃力を軽減したり、してくれてねーのか？」

「いや」

　曲識は、優雅にピアノを弾きながら答える。

「そんなことは一切していない」

「伏線じゃなかったのか……」

「もっとも、お前が積雪さんに手を出すようだったら、超音波を調整して止めるつもりでいたがな」

「なんだよ。覗き見してたのか？　……つーかにーちゃん、一賊の人間よりも『呪い名』の人間を優先すんなや」

「お前はレン以外を家族と思ってはいないのだろう？」

「……はっ。まあ、あんたを責めるのは筋違いだけどな。けど、よりにもよってあんな超ド級のＳ野郎を紹介してくれなくともいいだろう」

「最高の義手だ」

　曲識はまるで悪びれずにそう言った。

そして、「それにしても」と、話を戻した。

「プライドの高いお前が、あんな扱いを受諾し、しかもそれをやり遂げたというのは本当に驚きだ。よほど——その恋人というのが大事なようだな」

恋人。

ではなく。

本当は妹の——無桐伊織。

零崎双識から、任された少女。

「実を言うと、僕は今回のことはお前のことだから、ただの女遊びかもしれないと、どこかで思っていた。お前に恋人ができたというなら、それはとても喜ばしいことではあったが——だからそれを試す意味でも、積雪さんを紹介したというのはある」

「天然ぶりやがって……意外と計算高いじゃねえか、あんた」

「僕は元々計算高い男だ」

「いや、それはないと思う」

寝転んだままで断言する人識。

そんな人識に、曲識は例によって、

「悪くない」

と言うのだった。

「だが、仕掛けた僕が言うのもなんだが、普通はたとえ恋人のためであっても、そうも拷問には耐えられないものだがな——僕もまさか、積雪さんがあそこまでやるとは思わなかった。僕なら二秒で音をあげる」

「もうちょっと耐えろ」

「僕が『逃げの曲識』と呼ばれていることは知っているだろう——だが、教えてくれないか、人識。何がお前をそこまでさせる？　あれだけお前に愛情を注いだレンからさえも逃げ回り続けたお前が、どうして誰かのためにそこまでできる？」

「…………」

「何がお前を——そこまでさせる。お前は一体——何をやっているんだ？」

そんな。

零崎曲識からの問いかけに——零崎人識はしばらく沈黙した後、

「……泣かねーんだよ、あいつ」

と、独り言のように答える。

「俺の前じゃ勿論——隠れて泣いてる素振りもねえ」

「……？　何の話だ？」

「だから、その恋人の話だよ——若い身空で両手を失ったってのに、ちっとも悲しそうじゃねえんだ」

「ほう」

興味をそそられたのか、曲識は横目で、人識を見た。

「それは随分と——気丈な娘だな」

「そんなわけがねえ」

人識は曲識の言葉を否定する。

「まだ言ってなかったが——そいつはついこないだまで、俺らの世界とは何の関係もねえ、ごくごく普通の一般人だったんだ。普通の女子高生だったんだよ。それが——いきなり両手を失って、辛くねえわけがねえんだ」

「…………」

「会ったばかりの俺に、風呂やらトイレやらの面倒まで見られてよ。そんなの、俺もやだけど、向こうのほうがやだろ。なのにあいつは、涙のひとつも見せやがらねえ——明るくってうるさくって、ひとりの癖にかしましくって、仕方ねえ。なあ、曲識のにーちゃん。俺は」

天井を見つめたままで、人識は続けた。

「俺はそれが、我慢ならない」

「……人識」

「大した裏づけもねー癖に頑張っちゃってる奴を見ると、俺は挫《くじ》けさせたくなるんだよ。俺はあの女が泣くところを見たくて仕方ねえ」

だから、と。

人識は——再び、テーブルの上に置かれたトランクのほうへと目をやった。

「そのためにあの義手は必要不可欠なものだったんだ。それを思えば——俺のプライドなんて、何の価値もねえ」

「……悪くない」

じゃん、と。

ぴったりのタイミングで演奏を終えて——曲識は言う。

「まったく——悪くない。是非ともレンに聞かせてやりたい台詞だな」

「御免だよ。あの野郎の前では何があってもこんなことは言わねえ。たとえあの野郎が死の間際でもな」

「本当に、お前は変わった。お前みたいな奴は一生変わらないのだと思っていたが——旅をして、人と会えば、お前のような男でも、やはり変わるか」

「俺は変わらないよ。周りの環境が変わっただけだ」

そう応えてから。

ああそうだ、と人識は付け加えた。

「あんたにもらったあの楽譜だけどよ——あんなの、俺には弾けっこねえぞ。つーか、あんたにも弾けないいんじゃねえか？」

「ああ。僕には弾けない。あれは筆が乗ってしまって、思わず書いてしまった一曲だ」

「おい」

「しかし、僕には弾けないが、お前には弾ける」

そういう風に、曲識は断定した。

「人識。ピアノの正式名称を知っているか？」

「ああ？　知らねえよ。ピアノはピアノじゃねえのか？」

「違う。本当はピアノフォルテという。音楽用語でピアノは『弱く』、フォルテは『強く』を意味する。つまり、強い音も弱い音も自在に出せる楽器——というネーミングだな」

「はあん」

「強さも弱さも併せ持つ——それが人間らしさということなのかもしれない。それだけに、音は人の意識を支配する。意識という漢字の中には、音が二つ含まれているだろう？　それはそういう意味だと、僕は思う」

「音使いのあんたらしいご意見だな」

人識は揶揄《やゆ》するように言う。

「だが、俺達は人間じゃねえ——鬼だ。殺人鬼だ」

「悪くない。そうそう、ピアノについては知らなかったようだが、人識、シーソーの名の由来は知っているか？」

「それは知ってる。『見えたり見えなかったり』だろ？」

「ああ。だが『見えたり見えなかったり』、『ぎっこんばったん』音を立てるためには、人間がふたり、必要だな」

「あん？　音を立てる？」

「公園にある遊具の内で——シーソーだけは、一人では遊べない遊具だということだ。まあ、あの曲については、別にすぐに弾けとは言わないさ。そこまで悪質に、お前から仲介料を取り立てるつもりはない。お前があの曲を弾けるようになったときに、聞かせてくれればそれでいい」

「…………」


無茶言いやがる、と、人識は呟く。

元より、そちらの約束を守るつもりはないからだろう、人識はどうでもよさそうに、曲識の言葉を聞き流している。

そんな人識に——曲識は、

「やはりお前は変わった」

と、言う。

そのあまりのしつこさに、呆《あき》れたように人識は笑って、

「あんたは全然変わらねーな」

と、返したのだった。

◆　◆

「わわっ！　人識くんの身体が全身紫色だ！　アメコミみたいっ！　こわっ！」

「…………」

ホテルに戻って。

ドアを開けるなりいきなり、伊織からそんなことを言われたことに何の返事もせず、人識はそのまま一直線に、ベッドに倒れ込んだ。

靴も脱がずに、うつ伏せに。

積雪からの性能チェックの際、先に脱いでおいたので、タクティカルベストを着ようと思えば着られたのだが、上半身すべてが内出血状態、言うなれば超敏感肌状態、とても服など着ていられず、上半身裸のまま帰ってきた人識だった。

そんな人識は、当然、帰り道も、ホテルの従業員からも、これまでに浴びたことのない種類の視線を向けられたのだが、しかしやっとのことで部屋に辿《たど》り着いてからの伊織のリアクションが一番酷かった。

さすがにそれを察したのか、人識がドア付近に投げ捨てるように置いたトランクを、足で端へと押しのけてから、伊織はベッド際へとやってきて、

「え、えっと、ご、ごめんなさい、ですか？」

と言った。

「わたし、決してアメコミの肌の色が怖いって言ったんじゃないんですよ？　あれはあれでとても面白いものです。でも、それがリアルに人間で再現されるとこういうことになるんだって思うと……」

「フォローする対象が間違ってる」

「あのトランク、何ですか？」

「義手」

人識は枕に顔を埋めたままで言った。

「その辺で拾った。やる」

「……はあ」

疲労困憊そのものの人識にどう反応していいもの

かわからないようで、伊織は戸惑ったような表情を浮かべる。

「ま、まあ……くれるっていうならもらいますけれど。ありがとうございます」

「ったく……俺が泣いちまいそうだぜ」

「は？」

「何でもねえって」

そう言って、ゆっくりと呼吸する人識。

「ああ……、そういや、にーちゃんから金せしめんの忘れた……どうしたもんかな……、もうあの店、近付きたくもねえし……まあ、金なんて、いざとなったらどうにでもなるか……」

「あのー、人識くん」

「このまま寝る。話しかけるな」

「あー。でしたら、その前にひとつだけ」

そんな人識に、伊織は言った。

「あの楽譜の謎が解けましたよ」

「謎？　謎なんかあったか」

「ええ。謎が答を呼んだのです」

「普通じゃねえかよ」

「あの楽譜なんですけれど」

伊織は、ホテル備え付けのガラステーブルの上で開かれているそのノートをちらりと見やって、それから言った。

「人識くんがいない間、わたし、暇でしたから、あのノートをずっと見てたんですよ。口でページをめくりながら」

「口でめくりながらって……口にくわえたペンとかでめくれよ」

「あ、その手がありましたか」

「あんたは馬鹿だ」

「でもまあ、それはともかくですよ。そうしてずーっと見ている内に、気付きました」

さして反省する様子もなく、伊織は続ける。

「あれって、連弾用の曲なんですよ」

「……連弾？」

「つまり、一人じゃなくてふたりで弾くための曲なのです。音符の数が多過ぎるのは、そのためですよ。指が十本じゃ足りないのは当たり前です――指が二十本必要な曲なのですから」

指が二十本必要。

人間がふたり――必要。

ぎっこんばったん――音を立てるために。

「ふたりで弾くための曲……それを、あえて二枚の楽譜じゃなく、一枚の楽譜にまとめてたってことなのか」

「多分、そういうことです。よく見るとですね、同じ色で太さの違うペンを使って、音符を書き込んでいるようなのです。0・3ミリのペンと0・4ミリのペン、それくらいの違いですけれど。でも、だからちょっと時間をかければ、この楽譜から二枚、それぞれのパートの楽譜を作れそうですよ」

「…………」

「まあ、これだけ音符同士が近いと、かなり寄り添って弾く感じになるでしょうけどね」

「……かはは」

失笑する人識。

それが。

それが曲識の――僕には弾けないが、お前には弾ける――という言葉の意味だったのか。

バンド活動なんて言葉を、曲識が本当のところ、どこまで鵜呑みにしたのかは知らないが。

零崎曲識はひとりで。

零崎人識と無桐伊織は、ふたり――なのだから。

「あざとい野郎だぜ、あいつは――ひょっとして本当に計算高い奴なのか？　何が仲介料だ。そんなもん、ただの前途を祝するプレゼントじゃねえか……」

「はい？」

「伊織ちゃん」

人識は笑いをこらえながら、言った。

「俺と一緒に、アメリカに行くつもりはあるか？」

「は、はい？」

「義手をつけてやったら、そのまま姿をくらますつもりでいたが——興が乗った。つーか乗りかかった船だ、この世界で生きる方法くらいは、俺が教えてやるよ」

「……人識くん」

「まあ、一晩考えろ。俺は——とりあえず寝る、と言って。

人識はそのまま目を閉じた。

そこからは伊織がどう声をかけても、彼は何の反応もしなかった——伊織はやれやれとばかりに肩を竦《すく》めて、それから「うふふ」と笑って、

「男の子って本当に難しいですねえ——」

と、面白がるように、呟いた。

「かーわいいっ♪」

その表情を見る限り——一晩考えるまでもなく、無桐伊織の中では既に、人識からの誘いに対する答は出ているらしかった。ただしこの調子では、零崎人識が無桐伊織の涙を見ることができるのは——当分先のことになりそうだけれど。

◆　◆

零崎人識と零崎曲識。

ある意味で似た者同士の殺人鬼の、久方振りのこの面会は——零崎一賊が橙《だいだい》色の暴力の手にかかって全滅することになるその日の、たった二ヵ月前の話である。


（第三楽章——了）

零崎曲識の人間人間

4

ラストフルラストの本懐

◆　◆

これまでの三つの物語からも読み取れるよう、零《ぜろ》崎曲識《ざきまがしき》という男は、世界において徹底した脇役として位置づけられている。

たとえば五年前。

遊園地、ランドセルランドでの騒動において、彼は『小さな戦争』の一場面における、零崎双識《そうしき》のサポート役を与えられていた。

たとえば十年前。

超高級ホテル、ロイヤルロイヤリティーホテルの騒動において、彼は『大戦争』の一場面における、狐と鷹の戦いの背景役を与えられていた。

たとえば二ヵ月前。

経営するピアノ・バー、クラッシュクラシックでの騒動において、彼は殺人鬼ふたり組の逃避行の一場面における、零崎人識《ひとしき》と罪口積雪《つみぐちつみゆき》の戦いの仕掛け役を与えられていた。

事態の中心にいながらも。

決して事態の中軸を担わない。

それが零崎曲識の人生だった。

それは彼が望んで選び取ったものではない——その生き方は音を行使して他人を支配する、彼の音使いとしての能力の必然的な副産物とも言えるが、しかしその能力さえ、彼が望んで選び取ったものではない。

『逃げの曲識』。

『菜食主義者《ベジタリアン》』。

『少女趣味《ボルトキープ》』。

生粋《きっすい》の殺人鬼としては数々の不名誉な称号が与えられている男、零崎曲識。

『自殺志願《マインドレンデル》』、『二十人目の地獄』、『首斬役人』など、そうそうたる異名で呼ばれる零崎双識に、彼が心酔するのは、それはそれで、どうしたって無理からぬことだと言えた。

世界の脇役。

しかし、そんな男でも——世俗を離れ、厭世家として生きるほかないそんな男でも、長い人生において一度くらいは、脇役ならぬ主役を演じられる局面は訪れる。

いや。

主役を演じなければならぬ局面が——訪れるのだ。

それは、本人が望むと望まざるとにかかわらず。

零崎曲識は恐ろしくクールで、表情も滅多に動かさず、零崎一賊を含めた周囲の誰からも——これは零崎双識を除いてという意味だが——感情と感受性に欠けた、精密機械のような男だと思われているが、しかし、実際はそうではない。

確かに彼は感情が表に出ないタイプの男だ。

感受性にとぼしい男だ。

しかし、考えてもみて欲しい、感情や感受性が全くない男が、どうして音楽家たりえるだろう。

芸術家たりえるだろう。

彼にだって、好き嫌いの気持ちや、愛憎がある。

望むものや望むことがある。

だから——望むと望まざるとにかかわらず。

主役を演じなければならぬ局面が訪れる。

たとえそれが死ぬ直前であろうとも——それは輝ける最後という形で、訪れるのだ。

たとえ死の直前であれ——

彼の唯一の望みを、叶えるために。

そう、その局面はたとえばこんな会話から始まることになる。

「ああ——狐さんかい。どうしたさ。あんたがここに来るなんて珍しい——」

「『どうしたさ。あんたがここに来るなんて珍しい』。ふん。俺がどこに来ようが俺の勝手だ——俺は俺の思うがままに行動する。ただ、それだけのことだ」

「そりゃそうだ」

「で？　どうなんだ——あれの仕上がり具合は」

「現在でちょうど八割と言ったところさ——時刻《じこく》の旦那はさすがにあの『時宮《ときのみや》時刻』と言うだけあって見事なもんだけど、奇野《きの》のところの小僧がちっと梃子《てこ》摺《ず》ってる感じさね」

「『奇野のところの小僧がちっと梃子摺ってる感じさね』。ふん。頼知《らいち》はなかなか見事な技術を持った男ではあるのだが——さすがにまだ若い、か。しかし、まあ、十三階段としてはそれくらいのほうがいい——俺に言わせりゃ、お前や時刻のほうが異常なんだよ」

「時刻の旦那はともかく、あたしはあたしさ。そこまでの評価に値するほどの、成果をあげているわけではない」

「『成果をあげているわけではない』。ふん。謙虚なことだな——しかし俺は過ぎた謙虚を嫌う男だ。それならば根拠なき傲慢のほうがいい——丁度いい頃合だ。そろそろあれに試験動作をさせてみよう」

「え……まだ八割だと、言ったはずさ？」

「それでいい。いや、むしろそうでなくてはいけない——名うての殺人鬼軍団を相手取ろうというのだからな。制御出来過ぎてしまえばかえって足下をすくわれかねない——」

「…………」

「右下《みぎした》るれろ。『十三階段』の七段目——右下るれろ。お前に全権を委ねる——橙《だいだい》なる種を行使し、稀代の殺人鬼集団、零崎一賊を殲滅《せんめつ》しろ」

◆　◆

某道某市の歓楽街。

ある時期から乱立するビル群の一角、地下二階で営業されているピアノ・バー——クラッシュクラシック。

零崎曲識が経営する店である。

営業時間は午後五時から午前五時までの十二時間。

そして現在時刻は午前六時。

本日の営業を終え、片付けも終え、雇われの従業員ふたりは、既《すで》に帰路についている——今、フロアに残っているのは店のオーナーである零崎曲識ただひとりだけだった。

彼はステージの上のピアノの前に座っている。

ただ、見つめているのは鍵盤ではなく——

鍵盤の上に置かれた小さな木製の箱だった。

「……悪くない」

曲識は——呟《つぶや》く。

誰もいない店内で、静かに呟く。

その表情から感情を読み取ることはできない——彼の繊細な、微細とさえ言える表情の変化を読み取れる者など、これまでの、およそ四半世紀の人生において、たったふたりしかいなかった。

ひとりは零崎双識。

そしてもうひとりは——

「——だから、悪くない」

手を伸ばし。

曲識は、その小箱のふたを開ける——すると、箱の中から音が流れ出した。

どうやらその小箱は、オルゴールだったようだ。

しかし、流れ出た音は音楽ではなかった。

言葉である。

それは——彼のよく知る男の言葉。

同じ零崎一賊の、零崎軋識《きししき》の言葉だった。

『トキ——このメッセージがお前に届くことを、俺は願っているっちゃ』

オルゴールは、そんな言葉を発する。

『他に、二十三の方法でお前にメッセージを送っているが——恐らくこの方法が、お前に届く可能性が一番高い。だから俺はこの可能性にかけるっちゃ——いや。もう、こんな風に、キャラ作りの言葉遣いを続ける意味はないか』

オルゴールは自動楽器の一種である。

櫛の歯型の音階板を、円筒の凹凸で演奏させる、それだけの単純な機構——だからこのメッセージは、零崎軋識の声色で発されるわけではない。声そのものが録音されているわけではないのだ。金属の弾かれる音が、連続して響いているだけで、むしろ、絶対音感を持つ零崎曲識でなければ、言葉としてさえ聞き取れないような、そんなチープなメッセージである。

ゆえに——曲識のところに届く可能性が一番高いと、軋識は判断したのだろう。

『零崎一賊は、今、危機に直面している——過去最大の危機だ。「大戦争」のときよりも、「小さな戦争」のときよりも、事態は深刻だ。……いや、違うな。もうそれどころではない。危機に直面していた。事態は深刻だった、と、そう過去形で表現すべきだろう』

金属で刻まれる音。

しかし、曲識はそんな音から——軋識のあふれんばかりの感情を、読み取ることができた。

それは絶対音感ゆえのことではない。

ただ——わかるだけだ。

曲識とは対極的に、感情を前面に出すことのできる、あの釘バット使いの殺人鬼のことを、曲識はいつだって、羨ましく思いながら見ていたのだから。

『零崎一賊は——既に殲滅された』

軋識の言葉はそう続いた。

『生き残っているのは、現時点において、俺とお前だけだ——もっとも、お前がまだ生きていたら、そして俺がまだ生きていたら、という仮定のもとで話せばだが』

曲識は。

眉ひとつ動かさず——その言葉を聞いた。

『俺とお前を除く零崎一賊総勢二十二名——すべてが、殺された。レン……「自殺志願《マインドレンデル》」、零崎双識とも連絡が取れない。この状況であいつが動いていないということは、それはあいつが既に死んでいるということだ』

軋識の断定的な言葉に、曲識は少しだけ目を細めて——そして、頷《うなず》いた。

まったくの同意見だったからだ。

『あのガキ——零崎人識も、どうやら死んでいるという話だ。それは、どうやら今回の件とは関係ないところでの話のようだが——まあ、あいつらしいと言えば至極《しごく》あいつらしい最期だな。そして……お前にこのメッセージが届く頃には、たぶん俺も、殺され、死んでしまっている』

オルゴールの音階板から発される言葉には、震えも、迷いも、なかった。

今まで通りのリズムで——その言葉は続けられる。

『誰が、どういう目的で、零崎一賊を狙ったのかはわからない——確かなのは、それはあまりにも圧倒的で、分析するような余地も、情報を集めるような暇さえも、俺達には与えられなかったということだ。たったひとりの橙色の暴力に——俺達は蹂躙《じゅうりん》された』

橙色の暴力。

その言葉に、曲識は反応する。

無言のままだが——かすかに、反応する。

『正確には、ふたりだ——橙色の暴力の陰には、常に包帯まみれの女が、張り付いていたということだ。察するところ、そいつはお前と同じ能力を持っている——即ち、他人を操作する能力だ』

音使い。

人体と人心を操作する能力。

媒介として音を使わずとも、同じことができる者共の存在があることは――当然、曲識は知識として知っている。

そういう者が、今回の敵ということなのだろう。

いや、今回というよりも――

最後の敵か。

『だが、問題は包帯まみれの女よりも、橙色の暴力のほうだ――最初は、なんてことのない問題だと思っていた。一賊の人間がひとり、殺されただけだった。そしていつも通り、零崎一賊は、その復讐へと向かっただけだった――だが俺達は、甘く見ていた。状況を甘く見ていた。復讐に向かった者が順次殺されていって――今や、俺とお前しか残されていない。まるで、だるま落としだ。だが、もう後には引けない――一賊としての動きを、今更止めるわけには行かない。死んでいった家族達の無念を晴らせないにせよ、晴らそうとしないわけにはいかない――俺はこれから、死にに行く』

当たり前のように口にされる決意。

軋識らしい、と曲識は思う。

思い――羨ましいと思う。

『曲識。お前は――零崎の名を捨てろ』

その言葉も。

やはり、当たり前のように口にされた。

『菜食主義者のお前が、こんな意味のない戦い――虐殺行為に、かかわる意味はない。助けられる家族がいるのならまだしも、そんな者はもういないのだから、無駄死にもいいところだ。十年前だったか――少女以外は殺さないというお前の誓いを聞いたとき、実のところ、俺はそんなことができるわけもないと思っていた。レンが心配するまでもなく――俺達殺人鬼に、無差別殺人以外の選択肢があるはずもないと思っていた。だが――お前はやり遂げた。俺はその成果に、心からの賛辞を送る。そんなお前なら、零崎をやめることができる。音楽家だったか？　その道で名を成すこともできるだろう。日の当たる場所にも――出て行ける』

窮地から発された軋識のメッセージは――曲識に助けを求める言葉ではなく。

逃走を勧める言葉だった。

零崎軋識は、これから死にに行くというときにあたって――最後まで、曲識を気遣ったのだ。

本当に――彼らしい。

『ま、精々、俺の名前でも語り継いでくれ――零崎軋識という名の、かっちょいい殺人鬼がいたことをな。あばよ。お前は変な奴だったが――結構楽しかったぜ』

そして彼のメッセージは終了する。

ぜんまいを多めに巻いていたので、『トキ――このメッセージがお前に届くことを、俺は願っているっちゃ』と、オルゴールの発する音は頭へと戻ったが、曲識は小箱の蓋を閉じ、その言葉を遮った。

一度聞けば十分だった。

それに、本当を言えば、一度聞く必要さえもなかったと言える――零崎軋識が曲識へと宛てた、このオルゴールを除いた残り二十三のメッセージもまた、すべて曲識の下へと届き着いていたからだ。むしろこのオルゴールこそ、一番最後に、ぎりぎりで届いたメッセージだったのだ。

こういう抜け具合もまた、軋識らしいと曲識は思うのだが――そんな微笑ましさに微笑みを浮かべられるような状況でないのも確かだった。

「状況は既に最悪だ――だが、悪くない」

届いた二十四のメッセージ。

どれもこれも、そこに含まれている情報量は限られていて、また発された状況もそれぞれ違うのだろう、錯綜している感じだったが――しかし、どれも似たような情報であれ、それが多角的に発されたことにより、いくらかの解析をすることは、曲識には可能だった。

渦中にいる軋識よりも、状況は見えやすい。

橙色の暴力――それに、包帯まみれの女。

あるいは、その背後にある存在。

『彼ら』の目的を、軋識も、殺されたという一賊の連中も、把握できなかったようだが——離れた立ち位置にあった曲識には、大体の予想はつく。その予想がついてしまうところが、曲識が感情のない男だと思われてしまう原因の一端なのだが——それはともかく。

『彼ら』の目的は——零崎一賊そのものだ。

零崎一賊の殲滅こそが、『彼ら』の目的なのだ。

それにどういう目的があるのか、何を見据えての行為なのかまでは定かではないが——しかし、理由もなく無差別に人を殺す、殺人鬼の集団である零崎一賊には、誰かにそんなことを尋ねる権利はないだろう。

あるいは軋識は、そんな『彼ら』の目的を、無意識に察しているのかもしれない——だからこそ、曲識に、零崎の名を捨てろと、促しているのかもしれない。


だが。

「死に際の冗談なのか何なのか知らないが……あまり無茶を言うものではないな、アス」

曲識は言う。

「お前を『かっちょいい』男として後世に伝えることなど——僕には無理だ。僕は意外と、嘘というものが嫌いでな」

そのときだった。

誰もいない、薄暗いフロアの中に、廊下から這入《はい》ってくる者の姿があった——戸締りはしてあるが、曲識はその人物に合鍵を渡しているので、彼がここに現れたこと自体には、曲識は驚かない。

ただし。

一昨日連絡を入れてから、これほどまでに早く『彼』が現れたことには——現れてくれたことには、少しだけ、驚いていた。

むろん、その感情は表には出ないけれど。

現れたのは——罪口積雪だった。

呪《まじな》い名序列二位、『罪口』。

罪口商会、第四地区統括——罪口積雪。

ピアノ・バー、クラッシュクラシックの常連客——である。

彼は提げていたトランクを、どかりと音を立ててテーブルの上へと置いて、

「やあ、曲識くん」

と言った。

「お待たせしました——と言うべきなのでしょうかね。これでも一応、最速を心がけたつもりなのですが」

「いや、悪くない——武器職人としてのあなたを僕は尊敬していたつもりだが、しかしここまでの速度を、僕は期待してはいなかった」

「私は曲識くんには芸術鑑賞家としての私を、むしろ評価して欲しいものですけれどね——私と曲識くんとは、そこにおいて繋《つな》がっているものだと思いたいですから」

「僕程度を評価している段階で、あなたの鑑賞力など知れているさ」

「何をおっしゃる」

挨拶を交わしながら——積雪はトランクのふたを開ける。

その中身を確認するために、曲識はステージから降りて、積雪のいるテーブルへと、ゆっくりとした歩調で近付いていく——

トランクの中身。

そこには、ある楽器が納められていた。

それは——黒色のマラカスだった。

ルンバ音楽の伴奏に使用されるリズム楽器。マラカの木の実を刳《く》り貫《ぬ》いて、中に小石などを入れて持ち手をつけた、二本一組の楽器である。

ただし——罪口商会。

究極の武器職人集団の、それも統括クラスがこうして持ってきたマラカスである——それがただのマラカスであるわけがない。

見た目からして——既に異彩を放っていた。

刻まれている紋様は、それが呪いの言葉であるようにさえ見えるほどだ。

「苦労しましたよ、曲識くんの注文に応えるのは——私も職人として長いですが、これほど緻密な注文を受けたのは、初めてと言っていいでしょう」

「それは、それほどの武器をたった二日で仕上げてきた自分の腕を自慢しているとも取れるな」

「自慢をしない職人などいませんよ。そうでなければ、わが子のような作品を他人に渡す資格はありません——」

積雪は堂々と、そんなことを言う。

そこに照れや衒《てら》いは皆無だった。

裏の世界の人間とは言え——そして呪い名の人間とは言え、彼はどこまでも職人であり、芸術家としての曲識とは、そういう意味で対極だった。

だからこそ、こうして心地よい距離で付き合えるのだと、曲識は考えている。

たぶん向こうも同じことを考えているだろう。


「音使いとしての能力をふんだんに使用するためには、吹奏楽器のほうがいいのだがな——しかし、それではどうしても、息が続かなくなる。心肺機能の強化は、僕の器が人体である以上は、どうしても限界がある——だからその心肺機能を使わなくともよい、この手のリズム楽器で他人を操作できるのならば、それは理想なのだ」

ギターやバイオリンと言った弦楽器でも、曲識は音を操ることができる。

オールラウンドの音楽家、それが零崎曲識だ。

だが——弦楽器は弦が切れればおしまいだ。

だから、耐久性においては打楽器が望ましいのだが——しかし、打楽器では、基本的に発せられる音の種類がどうしても大味になる。他人を完全に操作するのは難しい。

理想はあくまでも理想である。

曲識はこれまで、その理想を手に入れようとまでは、思っていなかった——ただ、自分が自分として生きていくだけなら、そこまでの武器は必要なかったからである。

零崎双識が大鋏《おおばさみ》、『自殺志願《マインドレンデル》』を使い。

零崎軋識が釘バット、『愚神礼賛《シームレスバイアス》』を使うように。

自分が何らかの、特定の武器を使う必要はないと思っていた——楽器はただの楽器だと思っていた、しかし。

最後の最後で、彼はその考えを捨てた。

友人の武器職人を——頼ったのである。

「当然、このマラカスのことを、私は『少女趣味《ボルトキープ》』と名付けるつもりですが——まさか異存はありませんよね？　曲識くん」

「ああ、悪くない——好きにしてくれればいい」

「広く、そして正確に音階を表現できるように製作されたマラカス——もっとも、それも曲識くんクラスの音楽センスがあって、初めて可能なことですが。ちょっとしたグランドピアノ並みのマラカスだと思っていただいて結構です。当然ながら——そこは罪口商会の作品ですから、単なる打撃武器としての使用も可能です。頑丈ですから、それで楽器としての機能が失われることはありません。多少のチューニングは、どこかで必要となってくるでしょうけれど——まあ、曲識くんが死にに行くつもりである以上、先のことはあまり関係ないかもしれませんね」

「……死にに行くつもりはない」

曲識は積雪の言葉に、そう応える。

「僕は生きるために、そこへ行くんだ」

「零崎の名を捨てることは、できませんか——まあ私も、罪口の名を捨てろと言われれば、それを拒否するほかに手段はありませんがね。そうそう、もうひとつ、曲識くんから頼まれていたことですが——曲識くんのご親戚のかたが言うところの『包帯まみれの女』、状況から推測するに、その正体はおそらく、右下るれろだと思われます」

「右下？」

首を傾《かし》げる曲識。

「聞かない名だな――てっきり、時宮か……あるいは奇野辺りが噛んでいるのだと、僕は思っていたけれど」

「その可能性も、否定はしませんがね。しかし、この件に呪い名が、直接的に関与している可能性は低いですよ――あったとしても、ごく個人的な動きでしょう」

「なるほど」

と、頷いてから、曲識は言う。

「で――その右下という女は、何者なんだ」

「さすがの私でも、それはよくわからないというのが、正直なところです――まあ、一匹狼の、人形士ですよ」

「人形士か」

厄介だな、と曲識は正直な気持ちを述べた。

曲識が、音を使って他人を支配する能力の使い手ならば――人形士は何も使わずに他人を支配する能力の使い手だ。

直接接続されているに等しい。

媒介としての音を必要とする分――スキルとしての序列は、音使いよりも人形士のほうが圧倒的に上だ。

「知っての通り、他人を支配する能力というのは、戦闘集団の『殺し名』よりも非戦闘集団の『呪い名』寄りのスキルですからね――実際、『呪い名』の私だからこそ彼女の名前を把握していましたが、しかし……基本的には無名のプレイヤーです」

「無名だからこそ怖いということもある――誰にも名を知られることなく、暗躍しているわけだからな」

「その通りですね」

罪口はあっさりと同意し――そして、

「それから」

と続けた。

「もうひとりの――どうやら右下るれろが人形として使っているらしい、曲識くんのご親戚のかたが言うところの、『橙色の暴力』のことですが――こちらは、まったくの不明です」

「不明？　無名ではなく――不明か」

「ええ――何一つわかることはありません。右下については、あるいは時間をかければもう少し情報が集まるのかもしれませんが――『橙色の暴力』については、その取っ掛かりさえ見当たりませんね。ただ、その圧倒的な……冗談のような強さについては、保証できますよ。曲識くんのご親戚の皆さんが見舞われたという災厄――既に一部では話題となっておりますが、あまりに酷《ひど》い。かつての『大戦争』を思い起こさせるものです――」

「……『大戦争』、か」

曲識はその言葉を反復した。

「ならば――あの赤い鷹クラスの強さということになるな」

「ええ――哀川潤《あいかわじゅん》クラスです」

罪口は言った。

それまで、むしろにこやかなくらいに話題を進めてきた彼の表情が――初めて曇った。

その名を。

その名だけは、口にしたくなかったという風に――それでもその名は、どうしようもない畏敬の念を込めて、口にしなければならない名前であるかのように。

「実際、最初は、この災厄の下手人《げしゅにん》は哀川潤ではないかと、私は思ったくらいでしたけれどね――ただまあ、目下のところ、その哀川潤は行方がわからないそうです。何でも、匂宮雑技団《におうのみやざつぎだん》のエースと、やりあったとか何とか――」

「匂宮雑技団のエース……と言えば、匂宮出夢《いずむ》だったな」

さすがに、同じ『殺し名』のこと。

世間知らずの曲識でも、それくらいは押さえている。

「哀川潤に匹敵すると言われる、唯一の存在だ――が、僕は哀川潤が負けるとは思わない。そして――今回の件が、哀川潤の手によるものだとも思わない。行方がわからないといっても、そもそもあの自由過ぎる彼女の行方がはっきりしていたことなど、これまでに何度あったというのだ」

「そりゃそうです」

「哀川潤は、過ぎ去ってから観測される台風だ――『橙色の暴力』とは、だから別物だろう。そして何者であろうと知ったことではない――僕は零崎一賊の殺人鬼として、その使命を全うするだけだ」

「好きにすればいいと思いますが――」

積雪は言う。

「――しかし、『逃げの曲識』くんらしくないと言えば、らしくないですね」

「僕らしさというのは、家族が皆殺しにされてもまるで動じず、暢気《のんき》にピアノを弾き続けていることだろうか？」

曲識はそっと――トランクの中のマラカスに手を伸ばした。

「だったら、そんな僕らしさはいらない。らしくないことを、してやるまでさ」

「…………」

「ずしりと、手に重さの残るいい楽器だ――積雪さん。僕がもしも生きて帰ったら、そのときは、武器ではなく、ただの楽器を――僕のために造って欲しいものだ」

「承《うけたまわ》りました」

積雪は普通に頷いた。

それが普通のことであるかのように。

「代価は、あなたとの変わらぬ友情ということにしておきましょう」

「安いものだ。いい商売をしているな」

そう言って――廊下へと脚を向けた零崎曲識の背中に、罪口積雪は、

「もう行かれるのですか？」

と、声を掛けた。

「ああ」

と。

ボルトキープ――零崎曲識は。

その両手に黒色のマラカス、『少女趣味《ボルトキープ》』を持って。

その質問に――静かに答える。

「零崎を始めるのも、悪くない」

『大戦争』。

『小さな戦争』。

ふたつの戦争を体験した殺人鬼、零崎曲識は――

こうして、最後の戦争に参戦する。

◆　◆

零崎一賊の鬼子、この時点では死んだことになっている零崎人識と――匂宮雑技団エース、同じくこの時点では死んだことになっている匂宮出夢は、雀《すずめ》の竹取山《たけとりやま》で衝撃的な出会いをしてから数年後には、決定的な決別をすることになるのだが、しかし、たかだか数年の中で七度の、伝説的な殺し合いを演じた彼らには、いわゆる蜜月のような時期も、はっきりと存在した。

共闘したこともあったし。

協力したこともあった。

これは、そんな、比較的牧歌的な時期に交わされた会話である――交わされた場所が、『少女趣味《ボルトキープ》』としての零崎曲識の始まりの場所である超高級ホテル、ロイヤルロイヤリティーホテルの一室であったことはあくまでもただの偶然なのだが、それがただの偶然であるがゆえに、ここで引用する会話としては相応《ふさわ》しいものになるだろう。

「人識、おめーよ――」

と。

匂宮出夢は言う。

ダブルベッドの上に腰掛ける匂宮出夢は、革のパンツを穿《は》いているが、上半身は裸だった。あばらが浮き出る、細身の身体である。

前髪を眼鏡でかきあげていた。

「強いってことについて、考えたことはあるか？」

「うん？」

ベッド正面のソファに座っていた零崎人識は、手にしていたごついナイフの刀身を、天井からの光の反射具合を確認するように矯《た》めつ眇《すが》めつしつつ、出夢からの質問に答える。

「強いってことに――ついて？」

「ああ。強いってこと――つまり強いとはどういうことかって、考えたことはあるか？」

「おいおい」

人識は呆《あき》れ顔を浮かべる。

「『強さ』のみを追求した殺し屋であるお前が、中途半端な殺人鬼である俺ごときに訊く質問とも思えないな」

「まあ、クイズか何かだと思って気楽に答えろよ。『強いとは、どういうことでしょうか？』お前、このクイズの答、わかるか？」

「さあ、知らねーよ」

「ちっとは考えろっての。ほれ、ごー、よーん、さーん」

楽しげにカウントダウンを開始する出夢を無視するように、ナイフのほうへ興味を戻す人識。出夢からの、この手の無茶振りには、既に慣れっこと言った風だ。

出夢は構わずに、カウントダウンを続ける。

「にー、いーち、答えられなかったら僕とべろちゅー、ぜろ！」

「一と零の狭間でなんか言ったか！」

「答は単純明快」

ナイフを脇に投げ捨てるほどの人識の激昂を無視して、出夢はクイズの答を口にした。

「強いってのは、つまりは弱いってことなんだ」

「……あ？」

「ま、僕に言わせりゃってことだけどよ——強さってのはどっかの時点から、強くなればなるほど、弱さに近付いて行くもんなんだと思うんだ。だから、どっかで止まらないことには、あらかた意味を失っちまう」

「意味わかんねーよ。何その、到達しちゃった人の理論みたいなの」

「ある程度を超えた、逸脱した強さってのは、ただ利用される存在になっちまうって話だよ。他を蹂躙できるような存在じゃなく——ただ、有効活用されるだけのものになっちゃうんだよ。戦闘機とか？核兵器とか？　そんな感じだ。もうあれって、存在としての存在であって、強さって感じじゃねーだろ？　同じことだ。言っちまえば——強さなんてのは、ただのキャラ付けだってことだよ」

「キャラ付け——」

「猫耳とか、眼鏡とか、そんなのと同じなんだよ——強さとか弱さとか、そーゆーのはな。だから——強いってのは、弱いってことなんだ。突き詰め過ぎるとな——ピークを過ぎてからは、逆の意味しか持たなくなるんだ。僕はとっくにそうなっちまってるし——お前だって、遠からずそうなる。これは防ぎようがない」

「…………」

「だから、何事も辞めどきが肝心って話だな、こりゃ——」

さてと、と出夢はベッドから降りる。

そして、手首をくるくると回し——

「んじゃま、ちょっと殺し合おうか」

と言った。

わかった、と人識は頷いて――出夢から出されたクイズのことなど気にした風もなく、ソファから立ち上がって、先ほど脇に投げ捨てたナイフを拾いにいく。

殺し合い。

とは言え、これは七度の殺し合いにカウントされる殺し合いではない――蜜月の中における、レクリエーションとしての殺し合いである。

殺し合いというよりじゃれ合いのようなものだ。

友情を持って拳を向け、愛情を持って刃物を向ける。

そんな仲睦まじい彼らが決別することになるのは、この時点からもう少し先の話だが――それは現時点では、まだ語られることのない物語である。零崎人識の人間関係を語るためには、まだある程度の時間が必要なのだ。

◆　　◆

開発中の工事現場――だった。

中部地方の山間部、その奥まった場所――現時点で、一体何を目的とした山林開発なのか、ごく一部の関係者以外にはわからないような段階の、ただ木が切り倒され、地面が平べったくされただけの段階の工事現場――そこで。

零崎軋識は、戦闘中だった。

『愚神礼賛』――シームレスバイアス、零崎軋識。

窮地において彼が発信した、零崎曲識に対するメッセージが、二十四通が二十四通とも届いてしまった滑稽さは既に描写したが、そのすべてにおいて彼は、表現こそ異なれど、『このメッセージが届く頃には、俺はもう死んでいるだろう』的なことを述べていたのだが、幸いなことになのかどうなのか、彼はまだ存命中だった。かつて零崎双識から『前振りを忘れない男』と呼ばれたことがある殺人鬼の、本領発揮とも言えた。

ただし――無事とは言えなかった。

五体は満足である。

ただし、憔悴《しょうすい》している。

武器である釘バットは、最早柄《え》の部分しか残っていなかった――それ以外の部分は、完璧に根こそぎにされている。

一度、防御に使っただけで――こうなった。

軋識自身はまだ、相手の攻撃を受けていない――が、しかしそれは、命があることと、イコールの意味合いでしかなかった。

仮に一撃でも食らえば。

小指の先がかすっただけでも。

否、小指の爪の先がかすっただけでも。

軋識の肉体は――欠片《かけら》も残らないだろう。

事実、そのようにして――工事現場にあった何台もの重機は、釘バット『愚神礼賛《シームレスバイアス》』と同じようにぶっ飛ばされ、影も形もなく、根こそぎにされていた。

トレードマークの麦藁帽子も――いつか、どこかに飛んで行ってしまっていた。


「……っちゃ」

最早、笑うしかないこの状況に――

軋識は、正面を見据える。

「一体なんなんだ、お前らは――理屈ってものを、ちっとも感じないっちゃ」

正面には、ふたりの人物がいる。

後方にひとり――眼鏡をかけた、包帯まみれの女。

彼女は戦闘には参加していない。

時たま、神経質そうに眼鏡に触れるだけで、一定の距離以上、軋識に近付いてこようとしない。

そして前方。

祭りの屋台ででも売っていそうな、狐の面をかぶった子供が――いた。

橙色の髪を、ぶっとい三つ編みにした子供。

このオレンジの子供こそ、今現在、軋識が戦っている相手で――橙色の暴力で。

そして――零崎一賊を殲滅した子供だった。

「化け物としか――思えないっちゃ」

隠れる場所のない工事現場である。

野球場のような面積のスペースが、平たいのだ。

軋識には、この期に及んで逃げるつもりなど更々ないが――一時的な逃避さえも、許されるような戦場でもない。

誘い込まれたのだと軋識が気付いたのは、少し遅れてのことである――つまり、この場合、敵が唯一警戒しているのが、軋識の逃走であるということを意味している。

軋識がどう戦うかなど。

まったく――意識していないのだ。

「その質問に答える意味は、あたしにはないさね――」

包帯まみれの女は答える。

「――あんたはただ殺されてくれりゃー、それでいいのさ。こんなのは――ただの試験運用なんだからさ。それなりの成果が出てくれりゃあ、あたしの面目は立つってものさ」

そして――オレンジの子供は答えない。

今に限ったことではない。

その子供は、最初から、一言たりとも、言葉らしい言葉を発していない。

動きにも――どこかぎこちなさを感じる。

やはり、操られているのだ――と、軋識は思う。

後ろの包帯まみれの女が、操作しているのだ。

だから、あのオレンジの子供がいかに強くとも――後ろの女さえ片付けてしまえばいいのだと、そういう単純な理屈はわかるのだが、しかしそうは問屋が卸さない。

どう仕掛けても――対応されてしまう。

その包帯まみれの女は、人を操ることに、人を前面に立てての戦いに、とんでもなく精通している。

まるでそれは、彼のよく知る音楽家のように――

「お前らは――一体、何が目的なんだっちゃ」

「その質問に答える意味も、あたしにはないさね――それでも、一応、お礼は言っておこうか？　あんたら、零崎一賊って連中は、橙なる種の実験対象としてはこれ以上ないほど最適だったさ――殺せば殺すほど、そっちのほうから寄ってきてくれるんだから、さ」

「…………」

「強過ぎるってのも問題さね――普通は強過ぎたら、勝負なんて成立しなくなるからさ。みんな、逃げ出しちゃうからさ――しかし、あんたらは違った。一人を殺せば次から次にやってくる」

「……家族なんだから、当然だっちゃ」

「家族？　あたしにはわからない概念さ――じゃあ、そろそろ終わらそうか。あのペリルポイントって奴ほどじゃないにしても、あんたはそこそこ頑張ったほうさ――」

言って――包帯まみれの女は、眼鏡に触れる。

それが合図だったかのように――オレンジの子供は動く。

「げら――」

笑う。

その子供は笑う。

恐らく包帯まみれの女の支配とは無関係に、それほどに力強く――まるで、すべてを終わらそうとする最終存在のように、オレンジの子供は笑い尽くす！

「げら！」

どれほどに笑われようとも、軋識には、もうどうすることもできなかった――体力はとうの昔に尽きている。

武器もない。

ただ――死ぬしかない。

「くっ……！」

そのとき、彼の脳裏に過《よ》ぎったのが何だったのかは、外からでは観察のしようがない――が、それが何だったにしろ、赤い髪の小娘だったにしろ青い髪の少女だったにしろ、それはほんの、一瞬のことでしかなかったからだ。

一瞬のこと。

目を閉じることもなかった。

そして——その視界の中。

オレンジの子供は——動きを止めていた。

「嬲《なぶ》る気っちゃか——」

と、言いかけたが。

そうでないことは——その不自然なポーズでの、オレンジの子供の停止と、後ろの女が浮かべている当惑の表情で、軋識にもわかった。

じゃらん！

じゃらん！

じゃらん！

していると、そんな大きな音が、軋識に聞こえてきた——いや、その音は、ただ軋識が意識していなかったというだけで、少し前から、風の音に混じって、ずっとしていたのだ。

今、大きくなったというだけで。

まるで——今までは下準備だったというだけで。

「く、来るなって——」

軋識は——察する。

すぐに察し——怒号を上げる。

「来るなって、言っただろうが！」

「——悪くない」

果たして。

燕尾服の殺人鬼——零崎曲識が、そこにいた。

音に紛《まぎ》れて気配を消すのは、彼の得意技だった——が、無論、その方向に目を向ければ、目に見えないわけがない。

長過ぎるくらいの髪を、風にたなびかせ。

軋識と——そして、オレンジの子供を無視するように、包帯まみれの女を、見据えていた。

「どうやら間に合ったようだな——悪くない」

「……誰さ？」

包帯まみれの女の質問に、曲識は、

「その質問に答える意味は、僕にはないな」

と、静かに言う。

「ただし――意味はなくとも答えてやろう。僕は音楽家――零崎曲識だ」

自己主張するように。

曲識は、手にしていた黒色のマラカスを、じゃらん、と振った。

振った後も、細かく振動させ――音を発し続けている。

「こ、こんな――」

軋識は、突然登場した――否、登場自体は少し前からしていたのだろうが――曲識を、責めるように言う。

「――こんな意味のない戦いに、お前がどうして参戦する！　助けるべき家族がいるのならまだしも、もう俺達の家族は、全員が全員、一人残らず殺されてしまっていないんだぞ！」

「いるさ」

曲識は言った。

「お前はまだ、生きているじゃないか」

「…………！」

その言葉が、もしも一賊のほかの誰かから発されていても――たとえそれが零崎人識からであったとしても――軋識は驚かなかっただろう。

しかし、曲識が。

零崎曲識が、そんなことを言ったのだ。

その衝撃は――彼の心に大きな隙を作った。

その隙は、つけ込まれることになる――ただし、包帯まみれの女にでも、オレンジの子供でもなく。

他ならぬ零崎曲識に、つけ込まれたのだ。

「……っ、なっ！」

身体が――支配されたのを感じた。

今まで何度か、曲識に身体を貸して、肉体の指揮権を委ねて、戦ったことがある――そのときと同じだ。

あの黒色のマラカスか？

あんなリズム楽器で——ここまでの支配を行なえるものなのか？

それに、目の前の子供。

あのオレンジの子供も——曲識が音によって、動きを止めたのだろう。

その身体を支配したのだろう。

ふたり同時に、このレベルで支配——

——しばらく会わないうちに、腕を上げたか。

——いや、それよりも——

すぐに——軋識は、曲識の意図に気付く。

既に軋識は疲労困憊で、今更曲識に肉体の指揮権を委ねたところで、何になるとも思えない。つまり、曲識は——

「この——大馬鹿野郎！」

怒鳴るのよりも、軋識の身体の動きは速かった。

軋識の身体は、勝手に。

軋識の意思とは無関係に——逃走を開始したのだ。

零崎軋識の身体は勝手に踵《きびす》を返して反転し、包帯まみれの女と、オレンジの子供に背を向けて——全力で駆け出したのだ。

「俺はお前に、こんなことをして欲しかったんじゃ、ない——！」

声は——あっという間に遠ざかっていく。

軋識の意思とは無関係に。

そして曲識の意思通りに。

零崎軋識は——ならされた土の上から離れ、木々の中へと、消えていったのだった。

「……アス。お前は長生きするべき男だよ」

曲識は——呟く。

大きくマラカスを振りながら、呟く。

「早死にすべきは、僕のような男なんだ」

彼らしく、何の感情も滲ませずに。

あくまでも静かに——呟くのだった。

「精々、僕の名前でも語り継いでくれ——零崎曲識という名の、かっちょいい殺人鬼がいたことを。さよならだ。お前は変な奴だったが——僕のほうこそ、結構楽しかった」

軋識の姿は、もう見えず。

呟くような曲識の声など、届くわけもなく。

それでも曲識は、心からのメッセージを――彼に送った。

◆　◆

人形士、右下るれろ。

包帯まみれの女。

彼女についての情報を――しかし、曲識は全く手にすることができないまま、この工事現場にやってきていた。間に合ったとは言ったものの、そう言った意味においては、彼は決して、間に合ってはいないのだ。

右下るれろは勿論《もちろん》。

オレンジの子供――想影真心《おもかげまごころ》のことも、彼は把握していない。

ただし、マラカスの音によって、その子供の身体を支配したとき――彼は、十年前のことを思い出していた。

そう。

赤い少女。

今で言うところの人類最強――哀川潤を支配したときのことを、思い出していた。

零崎軋識もまた、曲識同様、かつて哀川潤とかかわりを持ったことがあるのだが――しかし、狐面をかぶった小さな体格の子供から、彼女のことを連想するには至らなかった。

あくまでも。

オレンジの子供の内面に触れた曲識だからこそ――哀川潤のことを、思い出したのだ。

否。

忘れたことなど、ない。

――最後の最後。

――こんなぎりぎりのところで――彼女と出会う

ことができるなんて、思いもしなかった。

場違いにも、曲識の心には、そんな感慨が訪れる。

罪口積雪と、その伏線となるような会話を交わしてこそいたものの——まさかここまで、『橙色の暴力』が、哀川潤に近いものであるとは、思いもしなかった。

どうしてオレンジの子供から、哀川潤を感じるのかなど、曲識にはわからない——わかるはずがないし、そして、そんな理由を探ろうとさえ、思わなかった。

そう思えた。

それだけのことで、十分で。

それだけのことで、彼の心は満たされたのだった。

「……音使い、か？」

そんな曲識に——包帯まみれの女、右下るれろは話しかけてきた。

「零崎一賊に音使いがいるなんて話は——寡聞《かぶん》にして聞いたことがなかったさ」

「……そうか。僕としては、もっと広まっていて欲しい噂だったのだがな——その程度か。だが、零崎曲識という名も、聞いたことがなかったか？」

「それは、知ってるさ——最後の大物として取り残して置いたつもりだったけれど、どうやら順番は変わっちまったみたいさね」

右下るれろは——自信ありげな表情を浮かべる。

虚勢ではあるまい。

さすがに曲識のいきなりの登場には驚いたようだったが——その隙をついて、軋識を逃がすことには成功したが、そのわずかの間に、もう右下は体勢を立て直している。

音によって、オレンジの子供の肉体を支配したはずの曲識ではあったが——しかし、その子供の身体を自由に動かせるかと言えば、そうではなかった。

ただ——停止させておくだけが精々だ。

それは、子供の指揮権が完全には自分のものとなっていないことを意味していた。

支配できているのは、半分までだ。

では、残りの半分は？

考えるまでもない――右下るれろのものだった。

人形士、右下るれろ。

同じ系統のスキルの使い手――である。

右下は、

「ふん――」

と言った。

「――なかなか、いい男じゃないさ。髪が長過ぎるのが気になるけどね」

「……さっきから、随分眼鏡に触れているが、それはお前のスキルに必要な行動なのか？」

「いや？　ただの癖さ――なんだい、お兄さん。眼鏡の女が好みかい？」

「別に。眼鏡など、ただの視力矯正器具だ。好きでも嫌いでもないさ」

「そうかい――あたしは眼鏡が好きな男が好みだよ」

言って、右下は曲識を睨むが――しかし、これといった動きを見せるわけでもない。

彼女もまた――曲識同様、オレンジの子供を、動かすことはできないのである。

支配権は――支配率は、半分半分。

お互いのスキルは――拮抗していた。

――この女だけの力ではないな。

――恐らくは、時宮。

――それに、奇野も絡んでいる。

曲識は冷静に分析する。

事前の予想は、半ばあたっていたわけだ――ならば、単純な操作能力ならば、曲識のほうが圧倒しているとも言えたが、それでも現状、音を介さなければオレンジの子供を支配できない曲識のほうが、いくらか不利であるとも言えた。

「……積雪さんに頼んでよかったな」

静かに――曲識は言う。

「ピアノは小さなオーケストラと言われるが……ならばこのマラカスは、最小のオーケストラとでも言うべきか。『少女趣味《ボルトキープ》』……こんなことなら、もっと早く頼んでおけばよかった」

マラカス単体で出しているとは思えない音楽を、曲識は、先ほどから、オレンジの子供だけでなく、右下るれろの身体にも打ち込んでいるのだが――やはり、うまくいかない。

操作系の能力者同士は相性が悪いのだ。

曲識がそうであるように――操られないための方法というものを、根本的なところで無意識に、そして必要以上に、心得ている。

それでこそのスキルマスターだ。

右下るれろのほうもまた、曲識を操作しようと何らかの何かを仕掛けているのだろうが――それがどういった方法によるものなのかは曲識にはわからないが――きっと、うまくいっていないはずである。

だから、この戦いは。

オレンジの子供――狐面の子供を、どちらがより強く支配するかという、言ってしまえばただそれだけの戦いなのである！

「ふん――狐さんはあんたをこそ、『十三階段』に引き入れておくべきだったかもしれないね――あたし達がしている上からかぶせているだけとは言え、こうも簡単に、真心ちゃんを支配しちゃうなんて、さ！」

「狐さん？　それはお前のあるじの名か？　『十三階段』？　それはお前が属する組織の名か？　真心ちゃん？　それはそこの子供の名前か？」

「その質問に答える――」

「意味はないな」

曲識は相手の台詞《せりふ》を先回りする。

しかし、右下はそんな曲識に対して、不敵に微笑むだけだった。

一見、何もしないで直立している包帯まみれの女と、それに立ち向かうように、マラカスを振りまくる燕尾服の男、その中間地点に立つ狐面をかぶった子供という、滑稽と言えば滑稽でしかない絵図面ではあっても――行なわれているのは真剣勝負であり。

また、猛烈な精神戦でもあった。

操作系同士の戦闘においては——精神的に優位に立ったほうが勝ちなのだ。

だから質問に答える意味はなくとも、交わされる言葉のひとつひとつに意味があり——一瞬たりとも、気が抜けないのだった。

一応、選択肢はある。

曲識には、マラカスを打撃武器として、右下るれろを攻撃するという選択肢がある——それに思い至らない曲識ではないが、それを実行するのは、スキルマスターとして相手の風下に立つことを認めるのと同じだ。

弱気になるのと同じだ。

そうなってしまえば——オレンジの子供の支配権は、あっという間に奪われてしまうだろう。

もしも右下を一撃でしとめることができなければ——オレンジの子供に、曲識はあっという間に蹂躙されてしまう。

まだ戦っていなくとも、こうして身体を半分まで支配していれば——あの子供の強さは痛感できる。

逆の言い方をすれば、右下を一撃でしとめることさえできれば、その方法は有用だということになるのだが——ただし。

既に少女と言える年齢ではないだろう右下るれろを、『少女趣味《ボルトキープ》』であり、菜食主義者《ベジタリアン》である零崎曲識は、殺すことができない——ゆえに！

その手段は、どうしたって取ることはできないのだ。

こんな局面においても、おのれの主義を曲げない、曲げることができない男に、『曲識』の名は相応しくないのかもしれないが——その偏屈ぶりは、あるいは名前通りと言えるのかもしれなかった。

いずれにせよ。

今更——後には引けない。

精神戦を続けるしかないのだ。

どうやら曲識の『主義』を知らないらしい右下のほうから、仕掛けてくることはなさそうだ——そこは救いと言えば救いだろう。

どうやら右下は、殺人鬼相手に肉弾戦を挑めるような女ではないらしい。

ならば。

「……右下るれろ、と言うらしいな」

「うん？　名乗った憶えはないけれど——どうして知っているさ？」

「その質問に答える——」

「意味はない、さ」

「……この子供は——一体、何者だ」

さすがに冗長になると思ったのだろう、もう右下は、『意味はない』という発言を繰り返そうとはしなかった。

しかし、沈黙し、質問には答えないのは同じだった。

構わず——曲識は続ける。

「この子供は——哀川潤の関係者か？」

「…………」

答えない。

が——わずかに動揺した。

それを曲識は感じ取った。

子供の支配権が、若干——自分のほうに移ったのだ。

いきなり名前を言い当てられても、身じろぎひとつしなかった女が——曲識の指摘に、どうやらたじろいだようだ。

ならば——畳み掛けなければならない。

これは、精神戦なのだから。

「最初から感じていたことだが——この子供は、あまりにも、哀川潤に似過ぎている。外側というより——中身がな。強さも、確かに哀川潤クラスのようだ。しかし——こうして精神に触れている限り、どこか別物であることも、また確実だ。わからない。この子供は一体何者なのだ？」

「……まるで、昔、哀川潤を操ったことがあるかのような口振りじゃないさ」

その言葉に、表面上、動揺はない。

しかし——取り繕っていることはわかる。

「ある——と言ったらどうする?」

「信じないだけさね。そんなことができる人間が——いるわけがない。あの哀川潤を、どうやって支配するのさ」

「哀川潤のほうから身を委ねてくれたらできるだろう」

「それこそ、有り得ないじゃないさ!」

右下るれろは——大きく、笑った。

そうすることで、自身を鼓舞するつもりなのだろう。

そして実際——それは成功した。

こちらに移りかかっていた支配権が、元通りの、五分五分、半分半分のところまで——揺り戻されてしまったのだ。

曲識にしてみれば、十年前の、ただの真実を言っただけなのだが——右下にしてみれば、それは妄言もはなはだしい言葉だったのだろう。

逆効果だった。

しかし、おのれの失敗を悔いるわけにはいかない。

後悔するわけにはいかない。

後悔は——心の弱さだ。

つけ込まれてしまう。

とにかく、これ以上この話題を続けないことだ——と曲識が思っていると、今度は、まるで自分のターンだとでも言うように、右下のほうから話題を振ってきた。

「しかし——お互い不幸さね! あんたがあたし達の味方になってくれるなら、それはそれでお互いにとって幸福だったんだろうけれど——零崎一賊の一員であるあんたにそんな裏切りができるわけもないからね!」

「裏切りができないのは確かだが——それがどうして僕の不幸となる? 不幸なのはお前だけだ、右下るれろ。僕を仲間に引き入れられないお前は、ここでやられてしまう以外の選択肢がないのだから」

「いいや——あんたはあたしに負ける」

右下は、強い口調で断定した。

精神戦の常套句だが——それだけに、わざわざ口に出していう意味のない台詞のはずだったが、こうして口にした以上、それなりの意味はあるはずだ。

曲識はそう判断する。

してしまう。

「何故だ」

そして――訊いてしまった。

「どうして――そう思う」

失策にはすぐに気付いたが、こうなってしまった以上、会話を切り上げるわけにはいかない――相手の言う根拠を、引っ繰り返すしかない。

マラカスを。

大きく振り上げて――彼は右下を睨む。

が、

「それさね」

と、右下は――待っていたかのように、正にそのマラカスを、指差したのだった。

「あたしは思うだけでいい――あたしの意思は、ダイレクトに真心ちゃんに繋がっている。あたしの意思は、真心ちゃんの意思さ。言わば以心伝心さね。だけどあんたは、音を通じてしか、真心ちゃんを支配できない。それは以心伝心、というほどじゃないさ――」

「それがどうした。その事実は、音を通じて、ワンテンポ、ワンクッションおいての支配しかできないはずの僕と、思うだけでいいにもかかわらず、拮抗することしかできないお前の、スキルの低さを表しているに過ぎない」

「いや――つまりさ」

右下は笑う。

得意げに笑う。

眼鏡に触れて――笑う。

「あたしは思うだけでいい――あんたはそうやって、マラカスを振り続けなければならない。あたしは疲れないけれど――あんたは疲れるだろう?」

「…………」

「プロのプレイヤーだっけ？『殺し名』序列三位

だっけ？　そう簡単に疲れはしないだろうさ——だけど無限の体力があるわけじゃないだろうさ。オーケストラとか何とか言ってたけどさ……音楽にゃ、演奏時間ってものがあるだろうさ！」

　吹奏楽器は、心肺機能において、弱点がある。弦楽器は、弦の強度において、弱点がある。だが——マラカスというリズム楽器にも、弱点はあるのだ。

　いや、それはすべての楽器——かつて哀川潤を操作したときに行使した『声』という楽器を含めて——に通じて言えることだ。

　演奏は——疲労する。体力を使うのである。心肺機能を使えば勿論のこと——使わなくとも。たとえばマラカスなら、腕の筋肉を酷使することになるのである。

　それを永遠に続けるというのは——不可能だ。

「……悪くない」

　しかし。

　右下の指摘に——曲識は、動じなかった。

　全く、動揺しなかった。

　なんだ、その程度のことを言っていたのか——と、むしろ安心し、逆に突破口を見つけたくらいの気持ちだった。

　いや。

　実際、それは突破口となる。

「得意げに何を指摘するつもりかと思えば——随分と程度の低い次元の話をするのだな、右下るれろ——」

「何さ——強がる気さ？」

「強がる必要などない——僕がお前より精神的に強いことは、今のお前の言葉ではっきりした。お前は既に、精神的に死んでいる」

　曲識は——じゃらん！　と。

　マラカスを、大いに振るった。

　じゃらん——じゃらん——じゃらん、じゃらん！

「確かに僕は、いつかは疲れるだろう」

そして言った。

「だが、ならば訊き返そう――これはお前にとって、答える意味のある質問だ。右下るれろ。お前は――眠くならないのか？」

「……なっ!?」

右下の顔に――あからさまな動揺が走った。

表情に出るほど、彼女は驚いたのだ。

そして、先ほどの曲識同様――おのれの失策は悟ったのだろう。

だが、曲識と違い。

その失策は、挽回のしようがない――！

「お前は、どれくらいの間、眠らずに思い続けることができるのだ？　一晩か――二晩か。一睡もせず、ほんのうた寝さえもせず――ただ思い続けることが、お前にはできるのか？　他に何もせずに、刺激を与えられることなく、意識を保ち続けるというのは、存外、難しいことのはずだぞ――」

「そ、そんなこと！」

右下は――叫ぶ。

策略も何もなく、ただ叫ぶ。

「あんたが疲れるよりも先に、あたしのほうが眠くなるなんてことが――あるわけないさ！」

「――作曲、零崎曲識」

そこで。

曲識は、今、黒色のマラカス『少女趣味《ボルトキープ》』によって演奏している楽曲のタイトルを、ゆっくりとした口調で、口にした。

「作品No.96――『広場』、アコースティックバージョン」

そして――とどめとなる一言を発する。

「演奏時間――百四十四時間二十四分十三秒」

「…………………っ！」

「それだけの間、何もせず、ただ思うだけで起きていられるのなら――お前の勝ちだがな」

曲識は勝利宣言のように、言う。

「言っておくが、この程度のことは、驚くには値しないぞ。歴史に数ある名曲の中には、数百年かけて演奏されることを想定されたものさえあるのだ——プロのプレイヤーも、『殺し名』の序列も関係ない。右下るれろ。音楽家を舐めるな。音楽家は——人の形をした楽器だ。疲労することはあっても——演奏時間の限り、疲労を意識することなどない」

「くっ——」

青ざめる右下るれろ。

支配権が——一気に曲識のほうへと移る。

哀川潤に似た、その肉体の支配権が——移る。

指揮権が——譲渡される。

一気に。

一気に——それがよくなかったのかもしれない。

言わば、ふたりで支えていた荷物を、いきなりひとりで持たなければならなくなったようなものだ。

そこで、気勢を張るためにでも、曲識がもうひとつ、念を押すように『その言葉』を口にしてしまったことは、たまたまではなく言うなれば必然だったが——

その必然は。

すべてを台無しにしてしまう——必然だった。

精神戦も支配権も何もなくなってしまう。

全く意味のない——一言だった。

ひょっとすると、二ヵ月前、自身が経営する店で、零崎人識と久し振りに会ったとき、交わした会話のうちのどこかで、物語とは関係のない雑談のうちのどこかで、彼が口にしていたかもしれない——だから頭に残っていたのかもしれない、そんな、ただそれだけの一言だった。

「右下るれろ。お前の言葉など、今となってはただの——」

「——戯言《ざれごと》だ」

戯言。

たったそれだけの一言に——オレンジの子供は、

反応した。

橙なる種。

想影真心は、劇的に反応した。

零崎曲識の支配も。

右下るれろの支配も。

あるいは時宮時刻の支配も奇野頼知の支配も。

一瞬で振り切って――反応した。

◆　◆

そして全てが終わった。

仮定の話をしても仕方がないが、仮に想影真心に対する右下るれろの支配が、八割以上にまで達していたら――決してこんなことにはならなかっただろう。またそれは、零崎曲識の指揮能力も、橙なる種に対しては、実のところ、半分ではなく、厳密には四割までしか達していなかったことを意味する。

ひとつだけ言えることがあるとするなら、それはこの土地の開発業者は、もう山をならす作業をする必要はなくなり――工事の工程は大きく省かれたということである。

◆　　◆

零崎曲識の意識が戻ったのは、奇跡のようなものだっただろう。身体中がずたずたに引き裂かれてしまっていることは、目で確認するまでもなく、わかる。

自身が死の直前であること。

自身が死に直面していることは、確実だった。

どうして意識が戻ったのか、それは曲識にはわからなかったが——それは彼にとって、決していい奇跡ではなかったかもしれない。

死ぬ前に、ただの苦痛を味わうだけのことなのだから。

「……が、悪くない」

それでも——彼は、そう呟く。

自分はどうやら、地面の上に仰向けになって倒れているらしいことを感じながら、そう呟く。

そしてここがどこか、今はいつか、考える。

場所は——多分、変わっていない。

かなり派手に吹き飛ばされたが、そして周囲の風景はすっかり変わってしまっているが——地形どころか、地図さえ書き換えなければならないほどに、すっかり変わってしまっているが——座標的には、さっきまでとほぼ同じ位置。

山間の中心部であることは間違いない。

そして今はいつなのか。

空は暗い。

夜——それも真夜中。星の位置で時間を推定するような芸当は曲識にはできないが、それでも、それくらいのことはわかる。

夜とは言え、あれから、一日二日は経過してしまっているだろうけれど——

「悪くないのだから——悪くない」

キーワード。

自分は、あの子供のキーワードに触れてしまったのだろうと——こんなときにまで、曲識は冷静に、そう分析する。

どの言葉が引き金になったのかまでは、曲識にはわからないが――きっとそれは、あのオレンジの子供にとって、大事な言葉だったのだと思う。

誰にとって意味がなくとも。

あの子供にだけは――意味のある言葉だったのだろう。

触れられたくない大切なものに。

触れられたくない大切な思い出に――曲識は触れてしまったのだろう。

あの子供と、右下るれろの姿は、周囲の『音』を探る限りにおいて、見当たらない――死体さえも、見当たらない。

右下は、決して無事ではないだろうが、生き残っただろう――おそらく、というか確実に、一時撤退したようだ。

まあ、この状況で曲識が生き残るわけもないし。

零崎一賊最後のひとり――曲識が逃がした軋識を殺すために、態勢を立て直す準備もしなくてはならないはずだ。

実験だと言っていた。

誰かに命令されている風でもあった。

ならば退く気はないだろう。

――まあ。

――それはもう――僕も与《あず》かり知らぬことだ。

自分の死を受けて、軋識がどういう行動を取るのか、究極のところ、曲識にはわからない。

たったひとりになっても、彼は戦うだろうか。

戦うかもしれない。

しかし――戦わないかも、しれなかった。

彼の家族愛に疑いの余地はないが――しかし、彼には表の顔もあることを、曲識は、零崎双識からそれとなく聞いている。

彼には――恋する少女がいることを知っている。

できれば。

彼には、その恋のために生きて欲しいものだと

——曲識は思う。

そのためにこそ。

そのためにだけ、曲識は軋識を逃がしたのだから。

それがきっと——零崎軋識のキーワードなのだと思うから。

「……悪く——ないんだ」

後悔はない。

この結果に、後悔はない。

この人生に、後悔はない。

後悔は——心の弱さだ。

そんなものは、曲識には必要ない。

だけど——それでも思うのだ。

目的は果たしたけれど——僕は望みをまるで果たしていない。

僕の望みは——叶わなかった。

死ぬのは構わない——どうせ最初から死んでるような人生だった。

ひとりで生きて、ひとりで死ぬ。

それだけのことだ——それだけだ。

だけれど——唯一の。

十年越しの望みは、ついに叶うことなく——絶え間ない苦痛の中、真夜中の暗闇の中、たったひとりで死んでいく。

零崎一賊は——笑って死ぬための集団だ。

人ならぬ鬼の、殺人鬼。

そんな者どもが、人間らしくあることを願って——徒党を組んだ。

人間らしく生きるために、家族になった。

けれど、あの橙色の暴力の手に掛かって死んだ零崎一賊の者達のうち、一体何人が——笑って死ねたというのだろう。

所詮鬼は、人間ではない。

この最後は。

こんな惨めな最後は。

あの見事な赤さからは、程遠い——

「ん？　なんだ、零崎曲識じゃん」

と。

生まれて初めて、彼がその目に涙を浮かべた、その瞬間を狙い澄ましたかのように——ごく普通に。

ごくごく普通に。

こんな山間部でありながら、まるで、隣のクラスの生徒と、廊下ですれ違ったときに挨拶を交わす高校生のような口調で。

『彼女』。

彼女は——そんな風に、倒れている曲識の顔を、覗き込んで来た。

「…………」

「あたし、なんだか最近零崎づいてんなー」

全身をワインレッドで固めたスーツ姿。

当たり前のように赤いサングラスを、ゆっくりと外す。

「つーか何お前、死にかけてんじゃん。だっせー」

「…………」

十年ぶりでも——一瞬でわかる。

十年分、成長していても——一瞬でわかる。

そこにいたのは、人類最強。

人類最強の請負人《うけおいにん》——哀川潤だった。

「あ、……あ、あ」

「随分ぐっちゃぐっちゃに掘り起こされてるけど、これ、何の工事やってんだろーな。第二の養老天命反転地でも作る気かな？　いや、でも丁度よかったわ。あたし今、人を探してんだけどよ——この辺にやたら相手の言葉を反復する不愉快な奴はいなかったか？」

十年ぶりの再会でありながら——しかし。

哀川潤は、あくまでも普通に——『久し振り』の言葉もなく、『なんでお前がこんなところに』の言葉もなく、自分の都合で話を進める。気配もなく、音もなく、ここまで曲識の近くまで近付いて来るところも——十年前のままだ。

「…………」

曲識が、哀川潤を哀川潤と判別できるのは当然だ。

曲識は、十年間、ずっと彼女を思い続けてきた。

殺人鬼としての自分を否定してまで――

強く強く、思い続けてきた。

だけど――哀川潤は、どうして零崎曲識を零崎曲識と判別できるのだろう。

彼女は、まさか。

僕のことを――憶えてくれていたのだろうか。

僕なんかのことを。

十年前、たった一晩、たった一戦、共闘しただけの僕なんかのことを――百戦錬磨の、哀川潤が！

「……ふ、ふふ」

泣きながら――零崎曲識は笑った。

橙の中に赤を感じるなどという、遠回しな形ではなく。

今まさに――赤過ぎる赤が、自分の前にいる。

どうして哀川潤がここにいるのか、それはわからない。人探しと言っているが――あるいは、あのオレンジの子供や右下るれろ、それともその背後にいるらしい存在の『狐さん』とやらが関係しているのかもしれないが――

そんなことはどうでもいい。

単に、ここで、こういう場面で、こういう状態の零崎曲識と、本当にただの当たり前のように邂逅《かいこう》するのが――人類最強の請負人、哀川潤という存在なのだという、それだけの話。

誰よりも出待ちが長く。

誰よりも出どころを心得ている。

そういう女だからこそ――曲識の人生と、人生観を変えたのだ。

「哀川潤――」

哀川潤に会ったら。

曲識の人生を決定的に変えた、曲識の人生観を決定的に決定づけた、あの赤い少女に再会することができればどうするか――それは十年前から、ずっと。

頑ななまでに決めていた。

今更、気付いた。

自分の両手には、罪口積雪から受け取った黒色のマラカス——『少女趣味《ボルトキープ》』が、これだけ破壊に満ちた状況でも破壊されることなく、握られていることを。

強度には自信があると——言っていた。

——積雪さん。

——あなたとの変わらぬ友情に、乾杯。

マラカスを振って——その音によって、零崎曲識は立ち上がる。

曲識の最後の切り札——自分自身の操作である。

音により、自分の意思とは無関係に自分の意思で——自分の身体を操作するのだ。

自分自身のことである。

誰の身体よりも——誰の肉体よりも。

存分に、操作することができるだろう。

「決めていた——ずっと、決めていた。この技だけは、お前のために使おうと、決めていた」

曲識は——声を絞り出す。

大丈夫。

身体中痛んでいるが——喉は無事だ。

十分に——歌える。

彼女のために、歌うことができる。

「僕はお前のために、歌を歌おう」

十年前とは違う。

零崎曲識があの頃と同じ十五歳ではないように、哀川潤も既に、赤い少女ではなく、立派に成熟した大人だ。

だけれどもう、その禁は意味がない。

菜食主義は終わりだ。

さあ——音楽の時間だ。

「へえ？　なんだよお前。あたしにとどめを刺して欲しいのか？」

哀川潤は——にんまりと笑う。

腕を組んだまま、すごく楽しそうに笑う。

まるで十年前のように。

笑って——笑う。

「いいよいいよ、じゃあ暇潰しに相手してやんよ

──言うまでもなく全力で来な。安心しろ、あたしは手抜かりなく手ェ抜いてやっからさ──さあ、さっさとかかって来な。ったく、待たせやがって。ようやっとあのときの約束を果たしてくれるってわけだ」

──また聞かせてくれよ。

あの夜──確かに、赤い少女はそう言った。

その言葉を、曲識は忘れたことはなかった。

けれど──向こうがそれを覚えているなどと、そんな自惚れをもったことは、一度もなかった。

なのに。

「忘れられてんのかとひやひやしてたぜ。あたしはずっと、お前の歌を聞きたいと思ってたんだ──あたしはな、零崎は大嫌いだけど、お前の歌は大好きなんだ」

「そうか……」

それは、どこまでも嬉しい言葉だった。

その感情は──彼の表情に、如実に表れる。

鉄面皮、鉄仮面と言われた彼でも、感情を隠しきれないほどに──それは、どこまでも嬉しい言葉だった。

曲識にとってのキーワードは。

考えるまでもなく──哀川潤だったのだ。

「……それは、悪くない」

「ああ?」

曲識のその台詞を──しかし、哀川潤はとても不満そうに受けて、突っかかってくる。

「なんだよそれ──このあたしが楽しみにしてやってたんだぜ? 悪くないとか、中途半端なこと言ってんじゃねえよ。ちゃんと、いいって言いやがれ」

「…………」

じゃらん、と。

零崎曲識は黒色のマラカスを振って──今にも崩れそうな体内を、無理矢理に自律し、自律させ。

そして──

「そうだな。これは失礼した──僕としたことが……僕、らしくもない」

と、言った。

そして――

「いい！」

と。

力の限り、喉の限り叫んで――目の前の彼女、十年前からずっと追い求めてきた彼女、十年前からずっと望み続けてきた彼女――哀川潤の胸の中へと、崩れ落ちるように、飛び込んでいったのだった。

◆　◆

零崎一賊、『少女趣味《ボルトキープ》』、零崎曲識。

死の間際にして――彼の望みは叶った。

せめて人間らしく――笑って死んだ。

輝ける最後の瞬間、彼は本懐を遂げたのだ。

それは確かに、彼が主役であれた瞬間だった。

彼が最後に演奏した曲の作品№は唯一の欠番《ゼロ》――

十年前、赤い少女に出会った直後に作詞作曲した、入魂の一作。

タイトルは『ままごと』。

けれどそれは誰の目にも明らかな、初恋だった。


（第四楽章――了）

（演奏終了）

あとがき

僕としたことがこの話をするのをうっかり忘れていましたが、それにしても『音楽』の持つ力というのは常軌を逸したレベルでとんでもないものがあるよなと、ことあるにつけ思わされます。まあ多分細かい理屈はとっくの昔に解明されているのでしょうが、どういうシチュエーションであれ、バックに流れている音（音楽）次第でまったく別の印象を与えるものになってしまいますし、おそらく『音楽』は小説で言うところの『行間』的な役割を、現実世界で担っているのではないでしょうか。文章もなく『行間』のみが存在しているというのは、これは口で言うほど簡単なことではないと思うのですが、しかしそんな難易度の高いことが平然と実現されているのですから、これは驚かずにはいられません。しかし、ここからが重要なのですが、実際に実在する音楽家の皆さんにしてみれば、『音楽』とはどこまでも『日常』の戦いでしかないのでしょう。なんというのか、こちらから見たら完全に枠外の技術や枠外の才能であって、憧憬を込めて、あるいは憧憬を超えて眺めてしまうものでも、当人にとっては日々向かいあって切磋琢磨すべき『対象』だというわけで、この温度差には愕然とさせられてしまうわけです。ものの価値とやらは、意外とその温度差から生じるものだとか、そういう話に繋げようと思えば繋げられそうですけれど、ちょっとそこから先は踏み入りがたい領域という気もするので、やめておきましょう。それもまた、わかっている人にとってはわかりきっていることで、『日常』の戦いでしかないのでしょうけれど。まあ歌ったり楽器弾いたりするのってただそれだけで楽しいので、それだけのことだと言えば本当にそれだけのことで、実際は特に言いたいことがあるわけじゃないんですけれどね。

本書は人間シリーズの第三作目です。零崎一賊三天王の最後のひとり、零崎曲識を主役に据えた四つの物語が収録されております。四つの話、『零崎曲識の人間人間　ランドセルランドの戦い』、『零崎曲識の人間人間2　ロイヤルロイヤリティーホテルの音階』、『零崎曲識の人間人間3　クラッシュクラシックの面会』、『零崎曲識の人間人間4　ラストフルラストの本懐』は、珍しく時系列が入り乱れておりますが、まあそれで読みづらいということもないと思いますので、頭から順番に読んでいただければと思います。それぞれの時代の色んなキャラクターが登場して、楽しめる人には楽しめる内容となっているのではないかと自負しておりますが、一番楽しんでいたのは作者である僕自身かもしれません。困ったものですね。そんな感じで『零崎曲識の人間人間』でした。

イラストレーターの竹さんには、今回もたくさんのお仕事をしていただいております。安心して仕事を任せることのできるかたの存在は、何よりも力強いものです。収録小説の『メフィスト』掲載時から編集作業を担当してくださった安藤茜さまにも、同様に感謝の念を捧げたいと思います。

それでは次回は、人間シリーズ最終作、零崎人識のお話でお会いしましょう。

西尾維新

初出一覧

《ランドセルランドの戦い》
——————————————「メフィスト」2007年5月号

《ロイヤルロイヤリティーホテルの音階》
——————————————「メフィスト」2007年9月号

《クラッシュクラシックの面会》
——————————————「メフィスト」2008年1月号

《ラストフルラストの本懐》
——————————————————————書き下ろし

N.D.C.913　236p　18cm

零崎《ぜろざき》曲識《まがしき》の人間《にんげん》人間《にんげん》

二〇〇八年三月六日　第一刷発行　二〇〇九年十二月十八日　第四刷発行

KODANSHA NOVELS

定価はカバーに表示してあります

著者—西尾維新《にしおいしん》

発行者—鈴木　哲

発行所—株式会社講談社

東京都文京区音羽二-一二-二一

郵便番号一一二-八〇〇一

編集部〇三-五三九五-三五〇六
販売部〇三-五三九五-五八一七
業務部〇三-五三九五-三六一五

本文データ制作—講談社文芸局DTPルーム

印刷所—凸版印刷株式会社　製本所—株式会社若林製本工場

ISBN978-4-06-182582-6

KODANSHA NOVELS 講談社ノベルス

第23回メフィスト賞受賞作
クビキリサイクル　西尾維新

新青春エンタの傑作
クビシメロマンチスト　西尾維新

維新を読まずに何を読む！
クビツリハイスクール　西尾維新

〈戯言シリーズ〉最大傑作
サイコロジカル（上）　西尾維新

〈戯言シリーズ〉最大傑作
サイコロジカル（下）　西尾維新

白熱の新青春エンタ！
ヒトクイマジカル　西尾維新

大人気〈戯言シリーズ〉クライマックス！
ネコソギラジカル（上）　十三階段　西尾維新

大人気〈戯言シリーズ〉クライマックス！
ネコソギラジカル（中）　赤き征裁VS.橙なる種　西尾維新

大人気〈戯言シリーズ〉クライマックス！
ネコソギラジカル（下）　青色サヴァンと戯言遣い　西尾維新

ＪＤＣトリビュート第一弾
ダブルダウン勘繰郎《かんぐろう》　西尾維新

ＪＤＣトリビュート第二弾
トリプルプレイ助悪郎《スケアクロウ》　西尾維新

維新、全開！
きみとぼくの壊れた世界　西尾維新

維新、全開！
不気味で素朴な囲われた世界　西尾維新

維新、全開！
きみとぼくが壊した世界　西尾維新

維新、全開！
不気味で素朴な囲われたきみとぼくの壊れた世界　西尾維新

新青春エンタの最前線がここにある！
零崎双識の人間試験　西尾維新

新青春エンタの最前線がここにある！
零崎軋識の人間ノック　西尾維新

新青春エンタの最前線がここにある！
零崎曲識の人間人間　西尾維新

魔法は、もうはじまっている！
新本格魔法少女りすか　西尾維新

魔法は、もうはじまっている！
新本格魔法少女りすか２　西尾維新

魔法は、もうはじまっている！
新本格魔法少女りすか３　西尾維新

最早只事デハナイ想像力ノ奔流！
ニンギョウがニンギョウ　西尾維新

西尾維新が辞典を書き下ろし！
ザレゴトディクショナル　戯言シリーズ用語辞典　西尾維新

神麻嗣子の超能力事件簿
念力密室！　西澤保彦

神麻嗣子の超能力事件簿
夢幻巡礼　西澤保彦

神麻嗣子の超能力事件簿
転・送・密・室　西澤保彦

神麻嗣子の超能力事件簿
人形幻戯　西澤保彦

神麻嗣子の超能力事件簿
生贄《いけにえ》を抱く夜《よ》　西澤保彦

神麻嗣子の超能力事件簿
ソフトタッチ・オペレーション　西澤保彦

書下ろし長編
ファンタズム　西澤保彦

エンターテインメントは維新がになう！

西尾維新著作リスト
@講談社NOVELS

戯言シリーズ イラスト／竹

『クビキリサイクル 青色サヴァンと戯言遣い』
『クビシメロマンチスト 人間失格・零崎人識《ぜろざきひとしき》』
『クビツリハイスクール 戯言遣いの弟子』
『サイコロジカル(上) 兎吊木垓輔《うつりぎがいすけ》の戯言殺し』
『サイコロジカル(下) 曳《ひ》かれ者の小唄《こうた》』
『ヒトクイマジカル 殺戮《さつりく》奇術の匂宮《におうのみや》兄妹』
『ネコソギラジカル(上) 十三階段』
『ネコソギラジカル(中) 赤き征裁 vs. 橙なる種』
『ネコソギラジカル(下) 青色サヴァンと戯言遣い』

戯言辞典 イラスト／竹

『ザレゴトディクショナル 戯言シリーズ用語辞典』

JDC TRIBUTEシリーズ

『ダブルダウン勘《かん》繰《ぐ》郎《ろう》』 イラスト／ジョージ朝倉
『トリプルプレイ助《すけ》悪《あく》郎《ろう》』 イラスト／のがるわこ

「きみとぼく」本格ミステリ イラスト／TAGRO

『きみとぼくの壊れた世界』
『不気味で素朴な囲われた世界』
『きみとぼくが壊した世界』
『不気味で素朴な囲われたきみとぼくの壊れた世界』

零崎一賊 イラスト／竹

『零崎双識の人間試験』
『零崎軋識の人間ノック』
『零崎曲識の人間人間』

りすかシリーズ イラスト／西村キヌ(CAPCOM)

『新本格魔法少女りすか』
『新本格魔法少女りすか 2』
『新本格魔法少女りすか 3』

豪華箱入りノベルス

『ニンギョウがニンギョウ』

著者初の非ミステリ短編集
マリオネット・エンジン　西澤保彦

大長編レジェンド・ミステリー
十津川警部 愛と死の伝説(上)　西村京太郎

大長編レジェンド・ミステリー
十津川警部 愛と死の伝説(下)　西村京太郎

京太郎ロマンの精髄
竹久夢二 殺人の記　西村京太郎

旅情ミステリー最高潮
十津川警部 帰郷・会津若松　西村京太郎

時を超えた京太郎ロマン
十津川警部 姫路・千姫殺人事件　西村京太郎

西村京太郎初期傑作選Ⅰ
太陽と砂　西村京太郎

西村京太郎初期傑作選Ⅱ
午後の脅迫者　西村京太郎

西村京太郎初期傑作選Ⅲ
おれたちはブルースしか歌わない　西村京太郎

超人気シリーズ
十津川警部「荒城の月」殺人事件　西村京太郎

超人気シリーズ
十津川警部「悪夢」通勤快速の罠　西村京太郎

超人気シリーズ
十津川警部 五稜郭殺人事件　西村京太郎

超人気シリーズ
十津川警部 湖北の幻想　西村京太郎

超人気シリーズ
十津川警部 幻想の信州上田　西村京太郎

超人気シリーズ
十津川警部 金沢・絢爛《けんらん》たる殺人　西村京太郎

超人気シリーズ
十津川警部 トリアージ 生死を分けた石見銀山　西村京太郎

講談社創業100周年記念出版
悲運の皇子《みこ》と若き天才の死　西村京太郎

超人気シリーズ
十津川警部 西伊豆変死事件　西村京太郎

豪快探偵走る
突破 BREAK　西村 健

ノンストップアクション
劫火(上)　西村 健

ノンストップアクション
劫火(下)　西村 健

世紀末本格の大本命!
鬼流殺生祭　貫井徳郎

書下ろし本格ミステリ
妖奇切断譜《ようきせつだんふ》　貫井徳郎

究極のフーダニット
被害者は誰?　貫井徳郎

あの名探偵がついにカムバック!
法月綸太郎の新冒険　法月綸太郎《のりづきりんたろう》

「本格」の嫡子が放つ最新作!
法月綸太郎の功績　法月綸太郎

初登場! ファンタジック異色ミステリー
½の騎士 ~harujion~　初野 晴

新感覚タイムトラベル・ミステリ!
トワイライト・ミュージアム　初野 晴

噂の新本格ジュヴナイル作家、登場!
少年名探偵 虹北恭助《こうほくきょうすけ》の冒険　はやみねかおる

はやみねかおる入魂の少年「新本格」!
少年名探偵 虹北恭助の新冒険　はやみねかおる